近代文学叢書Ⅲ

すぽっとらいと

珈琲

目次

イントロダクション

珈琲

わたしは珈琲が好きです。深煎りが好きです。酸味は苦手。

かなり詳しく言ってしまうと、東京都北区『自家焙煎珈琲 梅の木十条店』の珈琲が一番好きです。

コーヒーカップを口に寄せ、ひとくち味わう。

ホッとひと息つき、肩の力が抜ける瞬間の心地よさがたまらない。

カフェもいいけれど喫茶店と呼ばれるたたずまい、またその雰囲気のほうが落ち着きます。

珈琲の香りに包まれながら、ぼんやりする至福のひと時。

なんて贅沢なことでしょう。

そういえば、打ち合せなどの場で「お飲み物は？」と問われる時の選択肢はたいていお茶か珈琲です。

日本人の日常にかなり馴染んでいる不思議な飲み物だと思いませんか。

ふと、初めて珈琲を飲んだ日本の人はどんな反応だったのでしょう、と想像してみる。

その独特な苦みをおいしいと感じられた時の表情はどんなだったでしょう。

珈琲の魅力に飲まれてしまい、おいしさの基準が追及されてきたおかげで、私たちの周りには素晴らしい珈琲を楽しむ環境がたくさんあります。

ちょっと珈琲でも飲んで、よし、やるぞ。と気持ちを新たにするきっかけの一つにもなっていますね。


そんな身近な存在の珈琲ですが、物語の中ではどのように登場するのでしょうか。

お気に入りの珈琲と一緒にお楽しみいただけましたら幸いです。

近代文学叢書　編集長　なみ

珈琲の情景

Quality
COFFEE
SINCE 1875

珈琲店より

高村光太郎

例の MONTMARTRE の珈琲店《カフェ》で酒をのんで居る。此頃、僕の顔に非常な悲しみが潜んでゐるといつた君に、僕の一つの経験を話したくなつた。まあ読んでくれたまへ。

〈OPE'RA〉のはねたのが、かれこれ、十二時近くであつた。花の香ひと、油の香ひで蒸される様に暖かつた劇場の中から、急に往来へ出たので、春とはいひながら、夜更けの風が半ば気持ちよく、半ば無作法に感じられた。

〈AVENUE DE L'OPE'RA〉の数千の街灯が遠見の書割の様に並んで見える。芝居がへりの群衆が派手な衣裳に黒い DOMINO を引つかけて右にゆき、左に行く。僕は薄い外套の襟を立てて、このまま画室へ帰らうか、SOUPER でも喰はうか、と〈ME'TRO〉の入口の欄干の大理石によりかかつて考へた。

五六日、夜ふかしが続くので、今夜は帰つて善く眠らうと心を極めて、〈ME'TRO〉の地下の停車場へ降りかけた。籠つて湿つた空気の臭ひと薄暗い隧道《トンネル》とが人を吸ひ込まうとしてゐる。十燭の電灯が隧道の曲り角にぼんやりと光つてゐる。其の下をちらと絹帽が黒く光つて通つた。僕は降りかけた足を停めた。画室の寒い薄暗い窖《あなぐら》の様な寝室がまざまざと眼に見えて、今、此の PLACE に波をうつてゐる群衆から離れて、一人あんな遠くへ帰つてゆくのが、如何にも INHUMAIN の事の様に思へてならなかつた。

"UN HOMME! MOI AUSSI" と心に叫んで、引つかへして、元の〈OPE'RA〉の前の広場に立つた。

アアク灯と白熱瓦斯の街灯とが僕の影をASPHALTEの地面の上へ五つ六つに交差して描いた。“VOILA UN JAPONAIS! QUE GRAND!” といふ声が耳のあたりで為た様に思つて振り返つた。五六歩の処を三人連れの女が手を引き合つてBOULEVARDの方へ急いで行く。何処を歩かうといふ考へも無かつた僕は、当然その後から行く可きものの様に急いで歩き出した。

　歩き出したが、別に其の女に追ひつかうといふのではない。ただ、河の瀬を流れる花弁の一つが右へ行くと、其の後のも右へ行く様に吸はれて行つたまでである。〔CRE'DIT LYONNAIS〕の銀行の真黒な屋根の上に大熊星が朧ろげな色で逆立ちをしてゐる。BOULEVARDの両側の家並の上の方にCHOCOLAT MEUNIERだの、JOURNALだのの明滅電灯の広告が青くなつたり、赤くなつたりして光つてゐる。芽の大きくなつた並木のMARRONNIERは、軒並みに並んでゐる珈琲店《カフエ》の明りで梢の方から倒《さかし》まに照されて、紫がかつた灰色に果しも無く列つてみえる。その並木の下の人道を強い横光線で、緑つぽい薄墨の闇の中から美しい男や女の顔が浮き出されて、往つたり来たりしてゐる。話声と笑声が車道の馬の蹄に和して一種の節奏《リズム》を作り、空気に飽和してゐる香水《パルフエン》の香と不思議な諧調をなして愉快に聞える。動物園のインコやアウムの館へ行くと、あの黄いろい高い声の雑然とした中に自ら調子があつて、唯の騒音でも無い様なのに似てゐる。僕は此の光りと音と香ひの流れの中を瀬のうねくるままに歩いてゐた。三人の女は鋭い笑ひ声を時々あげながらまだ歩いてゐる。

僕は生れてから彫刻で育つた。僕の官能はすべて物を彫刻的に感じて来る。僕が WHISTLER の画や、RENOIR の絵を鑑賞し得る様になるまでには随分この彫刻と戦つたのであつた。往来の人を見ると、僕はその裸体が眼についてならないのである。衣裳を越して裸体の MOUVEMENT の美しさに先づ酔はされるのである。

三人の女の体は皆まるで違つてゐる。その違つた体の MOUVEMENT が入りみだれて、しみじみと美しい。

ぱつと一段明るい珈琲店《カフエ》の前に来たら、渦の中へ巻き込まれる様にその姿がすつと消えた。気がついたら、僕も大きな珈琲店の角《すみ》の大理石の卓《つくゑ》の前に腰をかけてゐた。

好きな〔CAFE' AMERICAIN〕の CITRON の香ひを賞しながら室を見廻した。急に人の話声が始まつたか、と思ふほど人の声が耳にはいる。急に明るくなつたか、と思ふほど室の美しさが眼に入る。急に熱くなつたかと思ふほど顔がほてつて来た。音楽隊《オルケストラ》では TARANTELLA をやり始めた。

トラ、ラ、ラ、ラ、ラ。トララ、トララ、トラ、ラ、ラ、ラ、ラ、ラ。

僕の神経も悉く躍り出しさうになつた。音の節奏《リズム》に従つて、今此の室にある総ての器、すべての人の分子間に同様な節奏の運動が起つてゐるに違ひない。

足拍子が方々で始まつた。立派な体に吸ひついた様な薄い衣裳を着けてゐる女が二三人匙を持ちながら踊り出した。わつと喝采が起つた。僕も手を拍つた。

“HALLO! VOICI” と口々に言つて僕の肩を叩いたのは、先刻の女共であつた。

「後をつけていらしつたの？」

「後をつけて来たのではないの。後について来たの。」

「今夜は何処へ入らしつた？」

「〔OPE'RA〕」

「SALAMMBO ね、今夜は。」

「N'APPROCHER PAS; ELLE EST A MOI!」と一人が声高く、手つきをしながら声色をやつた。僕は、体中の神経が皆皮膚の表面へ出てしまつた様になつた。女等の眼、女等の声、女等の香ひが鋭い力で僕の触感から僕を刺戟する様であつた。言ふがままに三人の女に酒をとつた。僕も飲んだ。三人は唄つた。僕は手拍子をとつた。やがて、蒸された肉に麝香を染み込ました様な心になつて一人を連れて珈琲《カフエ》店を出た。

今夜ほど皮膚の新鮮をあぢはつた事はないと思つた。


朝になつた。

白布の中で珈琲《カフエ》と麺麭《クロアソン》を食つた。日が窓から室の中にさし込んでゐる。窓掛けの薄紗を通して遠くに〔PANTHE'ON〕の円屋根が緑青色に見える。PIANISSIMO で然も GRANDIOSO な瀛笛の音がする。襤褸買ひの間の抜けた呼声が古風にきこえる。ごろごろと窓の下を車が通る。静かな騒がしさだ。

一度眼をさました人は又うとうとと睡つて、長い睫が微かに顫へて見える。腕の筋が時々ぶるぶると痙攣する。

僕は静かに、昨夕《ゆうべ》〔OPE'RA〕に行つてから、今朝までの自分の感情を追つて考へて見た。人の楽しむ事を自分もたのしみ、人の悲しむ事を自分も悲しみ得たのが何より満足に感じた。眼を閉ぢて、それから其へと纏らない考へを弄んで、無責任な心の鬼事に耽つてゐた。

突然、

"TU DORS?" といふ声がして、QUINQUINA の香ひの残つてゐる息が顔にかかつた。大きな青い眼が澄み渡つて二つ見えた。

あをい眼！

その眼の窓から印度洋の紺青の空が見える。多島海の大理石を映してゐるあの海の色が透いて見える。NOTRE DAME の寺院の色硝子の断片。MONET の夏の林の陰の色。濃い SAPHIR の晶玉を〔MOSQUE'E〕の宝蔵で見る神秘の色。

その眼の色がちらと動くと見ると、

「さあ、起きませう。起きて御飯をたべませう」と女が言つた。案外平凡な事を耳にして、驚いて跳ね起きた。女は、今日〔CAFE' UNIVERSITE'〕で昼飯《ひるめし》を喰はうといつた。

ふらふらと立つて洗面器の前へ行つた。熱湯の蛇口をねぢる時、図らず、さうだ、はからずだ。上を見ると見慣れぬ黒い男が寝衣《ねまき》のままで立つてゐる。非常な不愉快と不安と驚愕とが一しよになつて僕を襲つた。尚ほよく見ると、鏡であつた。鏡の中に僕が居るのであつた。

「ああ、僕はやつぱり日本人だ。JAPONAIS だ。MONGOL だ。LE JAUNE だ。」と頭の中で弾機《ばね》の外れた様な声がした。

夢の様な心は此の時、AVALANCHE となつて根から崩れた。その朝、早々に女から逃れた。そして、画室の寒い板の間に長い間坐り込んで、しみじみと苦しい思ひを味はつた。

話といふのは此だけだ。今夜、此から何処へ行かう。

甘話休題

古川緑波

もう僕の食談も、二十何回と続けたのに、ちっとも甘いものの話をしないものだから、菓子については話が無いのか、と訊いて来た人がある。僕は、酒飲みだから、甘いものの方は、まるでイケないんじゃないか、と思われたらしい。

ジョ、冗談言っちゃいけません。子供の時は、酒を飲まないから、菓子は大いに食ったし、酒を飲み出してからだって甘いものも大好き。つまり両刀使いって奴だ、だからこそ、糖尿病という、高級な病いを何十年と続けている始末。

じゃあ、今日は一つ、甘いものの話をしよう。今両刀使いの話の出たついでに、そこから始める。

僕は、いわゆる左党の人が、甘いものは一切やらないというのが、何《ど》うも判らない。

然し、まんざら、酒飲み必ずしも、甘いものが嫌いとは限らない証拠に、料理屋などでも、一と通り料理の出た後に、饅頭なぞの、菓子を出すではないか。

あれが僕は好きでね。うんと酒を飲んだ後の甘いものってのは、実にいい。

殊に、饅頭の温めた奴を、フーフー言いながら食うのなんか、たまらない。

アンコのものでも、ネリキリじゃあ、そうは行くまいが、饅頭系統のものは、温めたのに限る。

京都の宿屋で、よくこれを朝出すが、結構なもんだ。

と、話は餅菓子、和菓子に及んだが、僕は、洋菓子党です。

子供の時から、ビスケットや、ケーキと呼ばれる洋菓子を愛し、今日に至っても、洋菓子を愛している。子供の頃、はじめて食べた、キャラメルの味から、思い出してみよう。

森永のキャラメルは、今のように紙製の箱に入ってはいず、ブリキ製の薄い缶に入っていたと覚えている。そして、キャラメルそのものも、今の如く、ミルク・キャラメルの飴色一色ではなく、チョコレート色や、オレンジ色のなど、いろいろ詰め合せになっていた。

味も、ぐっとよくて、これは、森永さんとしては、はじめは、高級な菓子として売り出したものではないかと思う。

ブリキの缶には、もうその頃から、羽の生えた天使のマークが附いていた。

森永のミルク・キャラメルに前後して、森永パール・ミンツなどという、これは庶民的なキャンディーも売り出された。

これらの菓子は、種苗などを入れるような紙の袋に入っていた。

小学校の遠足に、それらの菓子が如何にもてはやされたか。

キャラメルも、ネッスルのや、その他色々出来たし、水無飴もその頃出来た。

チュウインガムが流行り出したのも、その頃。

その頃というのは明治末期のこと。

さて然し、それらはみんな庶民的な、西洋駄菓子であって、贅沢なおやつには風月堂のケーキ、青木堂のビスケットなどが出たものである。

風月堂の、御進物用の箱を貰った時の悦びを忘れない。上等なのは、桐の箱入りで、デコレーションの附いた、スポンジケーキが、ギッシリと詰っていて、その上へ、ザーッと、小さな銀の粒や、小さな苺《いちご》の形をしたキャンディーが掛けてあった。

掛けてある、という感じなのだ。そのスポンジケーキの合間々々に在る姿が。

桐の箱の蓋を除ると、プーンと、ケーキのにおいが鼻へ来る。温かいような、バタのにおいである。

青木堂のビスケットと書いたが、ビスケットと言っても、これはクッキーである。その種類色々あり。

マカロンが先ず第一の贅沢なもの、これは後年「人形の家」のノラが、しきりに食べることを知り、イプセンも、マカロンの愛用者ではなかったかと思った。

マカロンの、いささか濃厚な味は、然しフランスの乾菓（キャンディーではない。いまで謂《い》うクッキー）の王者だった。

マカロンの他にデセール、サブレー、ウーブリ、ビスクイなどという種類があり、乾葡萄の枝ごとのもあった。

これらは、実に美味いとも何とも、口に入れれば、バタのコッテリした味が、ほろほろと甘えて来る。ああ思い出す。

僕は後年、あれは（あんなに美味かったのは）子供の頃のことを、美化して思い出しているんじゃないかな？　という気がして来た。つまり、あれを今食べてみれば、大したことはないんじゃないか、と。

ところが、最近その頃の青木堂に関係していた人に、青木堂では、それらの乾菓は、当時フランスから輸入していたのだということを聞いて、それじゃあ美味かった筈だと思い、昔は随分日本も贅沢だったんだなあと思った。

青木堂という店は、当時市内何軒かチェーンストアーがあり、僕の言っているのは麹町の店のことである。

本郷の赤門傍にも青木堂があって、その二階は喫茶部になっていた。そこで食ったシュウクリームの味、それに大きなコップに入ったココアの味を覚えている。

そういう乾菓を愛したせいか、長ずるに及んでも、僕はクッキーの類が好きだった。

戦争前は銀座のコロムバンのクッキーが、何と言ってもよかった。

神戸のユーハイムその他にも、クッキーは美味いのがあったが、僕はコロムバンのを一番好み、二番目は、トリコロールのだった。トリコロールの方は、少し甘過ぎて、ひつこかったが、又別な味があった。

これらのクッキーを、僕は旅行先へも送らせて、毎朝愛食したものである。

さて、それでは、クッキーは戦後何処がうまいか、ということになると、僕は戦前ほどうまいものは現在は無い、と答える。

然し、それは無理もないのだ。第一にコナの問題だ。第二にバタである。戦前のような、見るからに黄色い、濠洲バタというものが入らなくなったのであるから、(今のようなバタくさくないバタというものは、此の場合何うにもならない)やむを得ないことなのだ。そのため、現在の東京で造られているクッキーは、その原料の関係上何うしても昔のような、適当な堅さが保てなくて、堅すぎるか軟かすぎるか、何っちかになっている。

イヅミヤのクッキーは、大分有名になったが、一寸煎餅を食うような堅さで、ポリポリ食わなければならない。味はバタっ気こそ少いが、うまく出来ている。

クローバーのはちと甘過ぎるが、味はリッチな感じ。一方が甘過ぎるからというのか、ここにはチーズ味の(甘味抜きの)クッキーもあり、これは「飲める」。

ケテルでも、クッキーを売っているが主力を注いではいない、パウンドケーキや、フルーツケーキは上等だが、ここのクッキーは、こわれやすくて、家へ持って帰れば、粉々になってしまう。

ジャーマン・ベーカリー、コロムバンなども試みたが、今のクッキーの欠点、こわれやすいというのを免れない。

先日、大阪へ行った時、此の話が出て「そんならうちのを食ってみて下さい」と、阪急の菓子部から、クッキー一箱貰って持って帰ったが、汽車中、こわれることもなく、味もオーソドックスで、結構なものだった。

アマンドのクッキーは、甘過ぎる行き方でなく、割に淡い味なので飽きが来ない。店の名の通り、アーモンドをうんと使った、クレセントマカロンが一。小さなパルミパイもよし。堅さも適当だ。

専らクッキーについて語った。

次回にも、もう少し甘い話を続ける。

II

クッキーから、ケーキへと、今日は洋菓子の今昔を語ろう。

ケーキと一口に称される洋菓子にも色々あるが、戦前、はるか明治の昔から、スポンジケーキ（カステラの類い）の上等だったのは、前回にも触れたが、風月堂のチェーンのそれだった。バタを、ふんだんに使った、ガトーの味は、リッチな感じで、贅沢なものだった。

風月堂には、名物として、ワッフルがあったっけ。日本流に言えば、ワップルだ。そのワップルに二色あって、一つはクリーム入り、もう一つは、杏子《あんず》のジャムが入っていた。戦後も尚、ワップルは健在であろうか。

風月堂の他に、戦前の銀座でうまいケーキを求めれば、モナミ、ジャーマン・ベーカリー、コロムバン、エスキーモ――順に歩いてみよう、思い出の銀座を。

モナミは、今もやっているが、昔の方がシックだったし、流行ってもいたようだ。二階の洋食も悪くなかった。ケーキも総て本格的で、美味いし、値段も程々だった。

戦前のジャーマン・ベーカリーは、独特のバームクーヘンや、ミートパイなど、他の店に無いものが揃っていた。

ミートパイは、戦後のジャーマン・ベーカリー（有楽町駅近く）でも、やっているが、昔の方が、もっと大きかったし、味も、しっとりとしていて、美味かった。

それでも、ミートパイは、あんまり他に無いので、僕はわざわざ有楽町の店へ行くが、「ミートパイは、土曜日だけしか造りません」などと言われて落胆する。

又、此の店独特のバームクーヘンにしてからが、近頃では、土曜と水曜だけというようなことになって、わざわざそれを狙って行く人を失望させている。

現在、バームクーヘンは、他にだって売っている。神戸のユーハイムあたりから始まった菓子だと思うが、買って帰って、家で食っては、つまらない味だ。第一、ああいう風に薄く切れないし、クリーム無しで食っては半分の値打もない。

話をもう一度、ミートパイに戻す。ミートパイは、八重洲口の不二家でも売っているが、これはアメリカ式で、ゴツイもの。

ケテルさんの経営するデリケテッセン（並木通り）にも、終戦直後から、ドイツ流のミートパイがあるが、これは菓子というよりも、酒の肴である。

パイの話のついでに、最近、新橋のアマンド（喫茶でなく、洋食の店の方）で、久しぶりで、ゲームパイを食ったことを報告しよう。戦前、帝国ホテルのグリルには、常にこれがあった。それが、思いもかけずに、アマンドにあったので嬉しかった。

話が、甘いものから横道へ入った。表通りへ戻ろう、戦前の銀座の。

銀座通りのコロムバン。今のは、代が変ったんだそうで、もとの経営者のやっている同じ名前の店が西銀座にある。

表通りの店は、戦前は、クッキーが一番で、ケーキも念入りに出来ていた。店の表に近いところに椅子テーブルを置いて、そこで、コーヒーを飲みながら、銀座の人通りを眺めるのが、パリー気分だというので、テラス・コロムバンと称されていた。今は大分大衆的になって、昔のようではない。

エスキーモも、現在やっているが、戦前の感じとは、まるで違う。

戦前のエスキーモの、ファンシー・アイスクリーム、シンバシ・ビューティーは正に銀座名物と言ってよかろう。挽茶・チョコレート・苺・ヴァニラ等のアイスクリームを五色の酒のように一つコップへ重ねて盛り上げたもの。そのコップの底に、苺のジャムが入っていたのを思い出す。

ビューティーばかりではなく此店のチョコレートと、挽茶のアイスクリームのよかったことも忘れない。

段々新橋の方へ近づくと、千疋屋。ショートケーキは、流石に此の店が美味かった。果物屋さんだけにシャーベットもよかった。

アイスクリームの話になると、又、尾張町の方へ戻って、戦前のオリムピックを忘れてはならない。アメリカ式の、色んなファンシー・アイスクリーム、何々サンデーを揃えていた。バナナをあしらったり、胡桃《くるみ》の砕いたのを掛けたりしたのは、オリムピックあたりが、はじまりではなかろうか。それらのコッテリしたアイスクリームもいいが、シャーベットの、銀色のコップに入っているのなどは、見るから涼しくて、夏のリフレッシュメントとしては適当だ。然し、戦後の東京には、うまいシャーベットを食わせる店が少くなった。

これはアメリカ渡来の、ソフトアイスクリームって奴に押されているせいだろうと思う。ソフトって奴も、あれはあれで、結構なものだと思う。が、あれをベロベロと食っている姿は、お子様に限るようだ。そこへ行くと、シャーベットは大人向きだ。それが、銀座あたりでも滅多に見つからないし、いいのが無い。

神戸へ去年の夏行って、ウィルキンソンで、久しぶりで美味しいシャーベットを食べて、東京へ帰ってから探したが、中々見つからなくて、帝国ホテルのグリルで漸《や》っとのこと、ありついた。そのウィルキンソンにしても、冬行ったら、やっていないのでがっかりした。

ソフトアイスクリームは、都会なら何処にでもある。シャーベットなどというオツなものは、不急品になってしまったのか。

III

ソフトアイスクリームを、お子さまたちが、ベロベロと舐め、コーンもムシャムシャと食べてしまう。見ていても、うまいんだろうな、と思う。

アイスクリームってものを、僕が生れてはじめて、食ったのは、何時頃だったろう？

銀座の函館屋という、食料品店。その奥が、今で言う喫茶部になっていて、そこで食ったアイスクリームを覚えている。

小さな、ガラスのコップに、山盛りになっている。そのアイスクリームの山のてっぺんから、少し宛《ずつ》舐めて行く時の悦び。アイスクリームの色が、今よりも、ずっと黄色かったことと、函館屋の照明が、青白いガスだったことを、覚えている。

明治四十何年ぐらいの、銀座だった。

その頃、活動写真館の中売りが「ええアイス、アイスクリン」と呼びながら売っていた、薄味のアイスクリームも、少年の日の思い出だ。

薄味というのは、卵も牛乳も碌《ろく》に入っていない、お粗末な、だから一個五銭位だったろう、そういうアイスクリームなのだ。いいえ、アイスクリームじゃない、売り声の通り、アイスクリンなのである。

でも、それを買って、活動写真（と言わして呉れ。映画と言っちゃあ感じが違うんだ）を見ながら食べるのは、幸福だった。

アイスクリームを、うまいと思ったのは、大人になってから、北海道へ行った時、札幌の豊平館で、量も、ふんだんに食った時だった。

中学時代。はじめて自分の、小遣いというもので、食べたのは、三好野だの、そういう類《たぐい》の、しるこ屋――というより大福屋と言いたい店。豆大福や、スアマなんていう菓子があったっけ。十銭二十銭の豪遊。

学校の往復に、ミルクホールへ寄るのも、楽しみだった。

僕は、早稲田中学なので、市電の早稲田終点の近くにあった、富士というミルクホールへ、殆んど毎日、何年間か通った。

ミルクホールは、喫茶店というものの殆んど無かった頃の、その喫茶店の役目を果した店で、その名の如く、牛乳を飲ませることに主力を注いでいたようだ。

熱い牛乳の、コップの表面に、皮が出来る――フウフウ吹きながら、官報を読む。何ういうものか、ミルクホールに、官報は附き物だった。

ミルクホールの硝子器に入っているケーキは、シベリヤと称する、カステラの間に白い羊羹を挿んだ、三角型のもの。（黒い羊羹のもあった）エクリヤと呼ぶ、茶褐色の、南京豆の味のするもの。その茶褐色の上に、ポツポツと、赤く染めた砂糖の塊りが、三粒附いているのが、お定りだ。（だからシュウクリームにチョコレートを附けた、エクレールとは全然違う）

丁度同じ時代に、東京市内には、パンじゅう屋というものが、方々に出来た。

パンじゅうとは、パンと、まんじゅうを合わせたようなもので、パンのような軽い皮に包まれた餡《あん》入りの饅頭。それが、四個皿に盛ってあって、十銭だったと思う。

パンじゅうの、餡の紫色が、今でも眼に浮ぶ。

カフエー・パウリスタが出来たのも、僕の中学生時代のことだろう。

カフエーと言っても、女給がいて、酒を飲ませる店ではなく、学生本位の、コーヒーを主として飲ませる店だ。

パウリスタは、京橋、銀座、神田等に、チェーンストアを持ち、各々、一杯五銭のコーヒーを売りものにしていた。そのコーヒーは、ブラジルの、香り高きもので、分厚なコップに入っていた。

砂糖なんか、あり余っていた時代だ。テーブルの上に置いてある砂糖壺から、いくらでも入れることが出来た。学生の或る者は、下宿への土産として、此の砂糖をそっと紙などに包んで持って帰る者もあった。

パウリスタで思い出すのは、ペパーミントのゼリー。それから、自動ピアノというものが、各店に設備してあり、これも五銭入れると、「ウイリアム・テル」だの「敷島行進曲」だのを奏するのであった。

兎も角も、あの時代の、そういう喫茶店、菓子を食わせる店の、明るく、たのしかったことよ。

そして、例によって、僕は、「それに引きかえて現今の」と言って、嘆こうというのであるが、昔を知る諸君なら、誰だって、同感して貰えると思うのだ。

いまの、戦後の、喫茶店というものの在り方だが――

純喫茶というものだけでも、数ばかり如何に多くなったことよ。

東京も、大阪も、京都、名古屋も、コーヒーの店は、実に多くなった。

関西へ行くと、コーヒーは、ブラジルの香りが高い。東京では、モカ系が多く、関西は、ブラジル、ジャワなどの豆を、ミックスしているらしい。

有楽町のアートコーヒーへ行けば、ブラジルでも、モカでも好みの豆が揃っていて、註文すれば、何でも飲める。

昔の五銭に比べれば、今の、最低五十円のコーヒーは、馬鹿々々しい。が、おしぼりが出たりして、サーヴィスは中々いい。

喫茶店のサーヴィスで、一番気に入ったのは、アマンドのチェーン、各店が、コーヒーなどの後に、コップ入りの番茶を、サーヴィスすることで、これは、後から後からと、所謂「回転」を急いで、追い立てられる感じと違って、「何卒ごゆっくり」と言われているようで気持がいい。

そういう、明るい純喫茶とは別に、近頃、ジャズをきかせる喫茶店が、銀座に出来た。それも、二軒や三軒ではなく、目下も、殖えつつあるようだ。

戦前から戦時にかけて、新興喫茶と称する店が出来て、レコードをきかせ、昆布茶などを飲ませたが、そして、それらは、女給の美しいのを売りものにしたものだが、今回の、ナマの音楽を売りものの喫茶店は、（これも社交喫茶の部に入りますか?）随分ヘンテコなものだ。

最近開店した、ジャズ、クラシック共に演奏するという店へ入ってみた。入口で、飲食券を買わされるのが、先ず落ち着かない。

入れば、殆んど真っ暗だ。僕など、眼が弱いので、手さぐりでなくては歩けなかった。

そして、真っ昼間から、音楽をやり、その音が強いから、アベックさんも、碌に話が出来ないらしい。コーヒーもケーキも、決してうまくはないし、こんなところへ入る人は、何を好んで、妙な我慢をしているのかと、全く僕には判らなかった。

あばばばば

芥川龍之介

保吉《やすきち》はずつと以前からこの店の主人を見知つてゐる。ずつと以前から、――或はあの海軍の学校へ赴任した当日だつたかも知れない。彼はふとこの店へマッチを一つ買ひにはひつた。店には小さい飾り窓があり、窓の中には大将旗を掲げた軍艦三笠《みかさ》の模型のまはりにキユラソオの壜だのココアの罐だの干《ほ》し葡萄《ぶだう》の箱だのが並べてある。が、軒先に「たばこ」と抜いた赤塗りの看板が出てゐるから、勿論マッチも売らない筈はない。彼は店を覗《のぞ》きこみながら、「マッチを一つくれ給へ」と云つた。店先には高い勘定台《かんぢやうだい》の後ろに若い眇《すがめ》の男が一人、つまらなさうに佇《たたず》んでゐる。それが彼の顔を見ると、算盤《そろばん》を竪《たて》に構へたまま、にこりともせずに返事をした。

「これをお持ちなさい。生憎《あいにく》マッチを切らしましたから。」

お持ちなさいと云ふのは煙草に添へる一番小型のマッチである。

「貰ふのは気の毒だ。ぢや朝日《あさひ》を一つくれ給へ。」

「何、かまひません。お持ちなさい。」

「いや、まあ朝日をくれ給へ。」

「お持ちなさい。これでよろしけりや、――入らぬ物をお買ひになるには及ばないです。」

眇《すがめ》の男の云ふことは親切づくなのには違ひない。が、その声や顔色は如何《いか》にも無愛想を極めてゐる。素直に貰ふのは忌《いま》いましい。と云つて店を飛び出すのは多少相手に気の毒である。保吉はやむを得ず勘定台の上へ一銭の銅貨を一枚出した。

「ぢやそのマッチを二つくれ給へ。」

「二つでも三つでもお持ちなさい。ですが代《だい》は入りません。」

其処《そこ》へ幸ひ戸口に下げた金線《きんせん》サイダアのポスタアの蔭から、小僧が一人首を出した。これは表情の朦朧《もうろう》とした、面皰《にきび》だらけの小僧である。

「檀那《だんな》、マッチは此処《ここ》にありますぜ。」

保吉は内心凱歌を挙げながら、大型のマッチを一箱買つた。代《だい》は勿論一銭である。しかし彼はこの時ほど、マッチの美しさを感じたことはない。殊に三角の波の上に帆前船《ほまへせん》を浮べた商標は額縁へ入れても好《い》い位である。彼はズボンのポケットの底へちやんとそのマッチを落した後、得々《とくとく》とこの店を後ろにした。……

保吉は爾来半年《はんとし》ばかり、学校へ通ふ往復に度たびこの店へ買ひ物に寄つた。もう今では目をつぶつても、はつきりこの店を思ひ出すことが出来る。天井の梁《はり》からぶら下つたのは鎌倉のハムに違ひない。欄間《らんま》の色硝子《いろガラス》は漆喰《しつくひ》塗りの壁へ緑色の日の光を映してゐる。板張りの床に散らかつたのはコンデンスド・ミルクの広告であらう。正面の柱には時計の下に大きい日暦《ひごよみ》がかかつてゐる。その外《ほか》飾り窓の中の軍艦三笠も、金線サイダアのポスタアも、椅子も、電話も、自転車も、スコットランドのウイスキイも、アメリカの乾《ほ》し葡萄《ぶだう》も、マニラの葉巻も、エヂプトの紙巻も、燻製《くんせい》の鰊《にしん》も、牛肉の大和煮《やまとに》も、殆ど見覚えのないものはない。殊に高い勘定台の後ろに仏頂面《ぶつちやうづら》を曝《さら》した主人は飽き飽きするほど見慣れてゐる。いや、見慣れてゐるばかりではない。彼は如何《いか》に咳《せき》をするか、如何に小僧に命令をするか、ココアを一罐買ふにしても、「Fry よりはこちらになさい。これはオランダの Droste です」などと、如何に客を悩ませるか、――主人の一挙一動さへ悉《ことごと》くとうに心得てゐる。心得てゐるのは悪いことではない。しかし退屈なことは事実である。保吉は時々この店へ来ると、妙に教師をしてゐるのも久しいものだなと考へたりした。(その癖前にも云つた通り、彼の教師の生活はまだ一年にもならなかつたのである!)

けれども万法を支配する変化はやはりこの店にも起らずにはすまない。保吉は或初夏の朝、この店へ煙草を買ひにはひつた。店の中はふだんの通りである。水を撒《う》つた床の上にコンデンスド・ミルクの広告の散らかつてゐることも変りはない。が、あの眇《すがめ》の主人の代りに勘定台の後ろに坐つてゐるのは西洋髪に結《ゆ》つた女である。年はやつと十九位であらう。En face に見た顔は猫に似てゐる。日の光にずつと目を細めた、一筋もまじり毛のない白猫に似てゐる。保吉はおやと思ひながら、勘定台の前へ歩み寄つた。

「朝日を二つくれ給へ。」

「はい。」

女の返事は羞《はづ》かしさうである。のみならず出したのも朝日ではない。二つとも箱の裏側に旭日旗《きよくじつき》を描いた三笠である。保吉は思はず煙草から女の顔へ目を移した。同時に又女の鼻の下に長い猫の髭《ひげ》を想像した。

「朝日を、――こりや朝日ぢやない。」

「あら、ほんたうに。――どうもすみません。」

猫――いや、女は赤い顔をした。この瞬間の感情の変化は正真正銘に娘じみてゐる。それも当世《たうせい》のお嬢さんではない。五六年来迹《あと》を絶つた硯友社《けんいうしや》趣味の娘である。保吉はばら銭《せん》を探りながら、「たけくらべ」、乙鳥口《つばくろぐち》の風呂敷包み、燕子花《かきつばた》、両国、鏑木清方《かぶらぎきよかた》、――その外いろいろのものを思ひ出した。女は勿論この間も勘定台の下を覗きこんだなり、一生懸命に朝日を捜してゐる。

すると奥から出て来たのは例の眇《すがめ》の主人である。主人は三笠を一目見ると、大抵容子《ようす》を察したらしい。けふも不相変苦《あひかはらず》り切つたまま、勘定台の下へ手を入れるが早いか、朝日を二つ保吉へ渡した。しかしその目にはかすかにもしろ、頬笑《ほほゑ》みらしいものが動いてゐる。

「マッチは？」

女の目も亦猫とすれば、喉《のど》を鳴らしさうに媚《こび》を帯びてゐる。主人は返事をする代りにちよいと唯点頭《てんとう》した。女は咄嗟《とつさ》に（！）勘定台の上へ小型のマッチを一つ出した。それから――もう一度羞《はづか》しさうに笑つた。

「どうもすみません。」

すまないのは何も朝日を出さずに三笠を出したばかりではない。保吉は二人を見比べながら、彼自身もいつか微笑したのを感じた。

女はその後いつ来て見ても、勘定台の後ろに坐つてゐる。尤も今では最初のやうに西洋髪などには結《ゆ》つてゐない。ちやんと赤い手絡《てがら》をかけた、大きい円髷《まるまげ》に変つてゐる。しかし客に対する態度は不相変妙にうひうひしい。応対はつかへる。品物は間違へる。おまけに時々は赤い顔をする。――全然お上《かみ》さんらしい面影《おもかげ》は見えない。保吉はだんだんこの女に或好意を感じ出した。と云つても恋愛に落ちた訣《わけ》ではない。唯如何《いか》にも人慣れない所に気軽い懐しみを感じ出したのである。

或残暑の厳《きび》しい午後、保吉は学校の帰りがけにこの店へココアを買ひにはひつた。女はけふも勘定台の後ろに講談倶楽部《かうだんくらぶ》か何かを読んでゐる。保吉は面皰《にきび》の多い小僧に Van Houten はないかと尋ねた。

「唯今あるのはこればかりですが。」

小僧の渡したのは Fry である。保吉は店を見渡した。すると果物の罐詰めの間に西洋の尼さんの商標をつけた Droste も一罐まじつてゐる。

「あすこに Droste もあるぢやないか?」

小僧はちよいとそちらを見たきり、やはり漠然とした顔をしてゐる。

「ええ、あれもココアです。」

「ぢやこればかりぢやないぢやないか？」

「ええ、でもまあこれだけなんです。——お上《かみ》さん、ココアはこれだけですね？」

保吉は女をふり返つた。心もち目を細めた女は美しい緑色の顔をしてゐる。尤もこれは不思議ではない。全然欄間《らんま》の色硝子を透かした午後の日の光の作用である。女は雑誌を肘《ひぢ》の下にしたまま、例の通りためらひ勝ちな返事をした。

「はあ、それだけだつたと思ふけれども。」

「実は、このFryのココアの中には時々虫が湧いてゐるんだが、——」

保吉は真面目に話しかけた。しかし実際虫の湧いたココアに出合つた覚えのある訣《わけ》ではない。唯何でもかう云ひさへすれば、Van Houtenの有無《うむ》は確かめさせる上に効能のあることを信じたからである。

「それもずゐぶん大きいやつがあるもんだからね。丁度この小指位ある、……」

女は聊《いささ》か驚いたやうに勘定台の上へ半身をのばした。

「そつちにもまだありやしないかい？　ああ、その後ろの戸棚の中にも。」

「赤いのばかりです。此処にあるのも。」

「ぢやこつちには？」

女は吾妻《あづま》下駄を突《つつ》かけると、心配さうに店へ捜しに来た。ぼんやりした小僧もやむを得ず罐詰めの間などを覗いて見てゐる。保吉は煙草へ火をつけた後、彼等へ拍車を加へるやうに考へ考へしやべりつづけた。

「虫の湧いたやつを飲ませると、子供などは腹を痛めるしね。（彼は或避暑地の貸し間にたつた一人暮らしてゐる。）いや、子供ばかりぢやない。家内も一度ひどい目に遇つたことがある。（勿論妻などを持つたことはない。）何しろ用心に越したことはないんだから。……」

保吉はふと口をとざした。女は前掛けに手を拭きながら、当惑さうに彼を眺めてゐる。

「どうも見えないやうでございますが。」

女の目はおどおどしてゐる。口もとも無理に微笑してゐる。殊に滑稽に見えたのは鼻も亦つぶつぶ汗をかいてゐる。保吉は女と目を合せた刹那《せつな》に突然悪魔の乗り移るのを感じた。この女は云はば含羞草《おじぎさう》である。一定の刺戟を与へさへすれば、必ず彼の思ふ通りの反応を呈するのに違ひない。しかし刺戟は簡単である。ぢつと顔を見つめても好い。或は又指先にさはつても好い。女はきつとその刺戟に保吉の暗示を受けとるであらう。受けとつた暗示をどうするかは勿論未知の問題である。しかし幸ひに反撥しなければ、――いや、猫は飼つても好《い》い。が、猫に似た女の為に魂を悪魔に売り渡すのはどうも少し考へものである。保吉は吸ひかけた煙草と一しよに、乗り移つた悪魔を抛《はふ》り出した。不意を食《くら》つた悪魔はとんぼ返る拍子に小僧の鼻の穴へ飛びこんだのであらう。小僧は首を縮めるが早いか、つづけさまに大きい嚔《くさめ》をした。

「ぢや仕かたがない。Drosteを一つくれ給へ。」

保吉は苦笑を浮かべたまま、ポケットのばら銭を探り出した。

その後も彼はこの女と度たび同じやうな交渉を重ねた。が、悪魔に乗り移られた記憶は仕合せと外には持つてゐない。いや、一度などはふとしたはずみに天使の来たのを感じたことさへある。

或秋も深まつた午後、保吉は煙草を買つた次手《ついで》にこの店の電話を借用した。主人は日の当つた店の前に空気ポンプを動かしながら、自転車の修繕に取りかかつてゐる。小僧もけふは使ひに出たらしい。女は不相変《あひかはらず》勘定台の前に受取りか何か整理してゐる。かう云ふ店の光景はいつ見ても悪いものではない。何処か阿蘭陀《オランダ》の風俗画じみた、もの静かな幸福に溢れてゐる。保吉は女のすぐ後ろに受話器を耳へ当てたまま、彼の愛蔵する写真版のDe Hoogheの一枚を思ひ出した。

しかし電話はいつになつても、容易に先方へ通じないらしい。のみならず交換手もどうしたのか、一二度「何番へ?」を繰り返した後は全然沈黙を守つてゐる。保吉は何度もベルを鳴らした。が、受話器は彼の耳へぶつぶつ云ふ音を伝へるだけである。かうなればもうDe Hoogheなどを思ひ出してゐる場合ではない。保吉はまづポケットからSpargoの「社会主義早わかり」を出した。幸ひ電話には見台《けんだい》のやうに蓋のなぞへになつた箱もついてゐる。彼はその箱に本を載せると、目は活字を拾ひながら、手は出来るだけゆつくりと強情にベルを鳴らし出した。これは横着な交換手に対する彼の戦法の一つである。いつか銀座尾張町《をはりちやう》の自働電話へはひつた時にはやはりベルを鳴らし鳴らし、とうとう「佐橋甚五郎《さばしじんごらう》」を完全に一篇読んでしまつた。けふも交換手の出ない中《うち》は断じてベルの手をやめないつもりである。

さんざん交換手と喧嘩した挙句《あげく》、やつと電話をかけ終つたのは二十分ばかりの後である。保吉は礼を云ふ為に後ろの勘定台をふり返つた。すると其処には誰もゐない。女はいつか店の戸口に何か主人と話してゐる。主人はまだ秋の日向《ひなた》に自転車の修繕をつづけてゐるらしい。保吉はそちらへ歩き出さうとした。が、思はず足を止めた。女は彼に背を向けたまま、こんなことを主人に尋ねてゐる。

「さつきね、あなた、ゼンマイ珈琲《コオヒイ》とかつてお客があつたんですがね、ゼンマイ珈琲つてあるんですか?」

「ゼンマイ珈琲?」

主人の声は細君にも客に対するやうな無愛想である。

「玄米珈琲の聞き違へだらう。」

「ゲンマイ珈琲? ああ、玄米から拵《こしら》へた珈琲。――何だか可笑《をか》しいと思つてゐた。ゼンマイつて八百屋《やほや》にあるものでせう?」

保吉は二人の後ろ姿を眺めた。同時に又天使の来てゐるのを感じた。天使はハムのぶら下つた天井のあたりを飛揚したまま、何にも知らぬ二人の上へ祝福を授けてゐるのに違ひない。尤も燻製《くんせい》の鯡《にしん》の匂に顔だけはちよいとしかめてゐる。――保吉は突然燻製の鯡を買ひ忘れたことを思ひ出した。

鯡は彼の鼻の先に浅ましい形骸を重ねてゐる。

「おい、君、この鯡《にしん》をくれ給へ。」

女は忽ち振り返つた。振り返つたのは丁度ゼンマイの八百屋にあることを察した時である。女は勿論その話を聞かれたと思つたのに違ひない。猫に似た顔は目を挙げたと思ふと見る見る羞かしさうに染まり出した。保吉は前にも云ふ通り、女が顔を赤めるのには今までにも度たび出合つてゐる。けれどもまだこの時ほど、まつ赤になつたのを見たことはない。

「は、鯡を?」

女は小声に問ひ返した。

「ええ、鯡を。」

保吉も前後にこの時だけは甚だ殊勝《しゆしよう》に返事をした。

かう云ふ出来事のあつた後、二月ばかりたつた頃であらう、確か翌年《よくとし》の正月のことである。女は何処へどうしたのか、ぱつたり姿を隠してしまつた。それも三日や五日ではない。いつ買ひ物にはひつて見ても、古いストオヴを据ゑた店には例の眇《すがめ》の主人が一人、退屈さうに坐つてゐるばかりである。保吉はちよいともの足らなさを感じた。又女の見えない理由にいろいろ想像を加へなどもした。が、わざわざ無愛想な主人に「お上《かみ》さんは?」と尋ねる心もちにもならない。又実際主人は勿論あのはにかみ屋の女にも、「何々をくれ給へ」と云ふ外には挨拶さへ交《かは》したことはなかつたのである。

　その内に冬ざれた路の上にも、たまに一日か二日づつ暖い日かげがさすやうになつた。けれども女は顔を見せない。店はやはり主人のまはりに荒涼《くわうりやう》とした空気を漂はせてゐる。保吉はいつか少しづつ女のゐないことを忘れ出した。……

　すると二月の末の或夜、学校の英吉利《イギリス》語講演会をやつと切り上げた保吉は生暖《なまあたたか》い南風《なんぷう》に吹かれながら、格別買ひ物をする気もなしにふとこの店の前を通りかかつた。店には電燈のともつた中に西洋酒の罎や罐詰めなどがきらびやかに並んでゐる。これは勿論不思議ではない。しかしふと気がついて見ると、店の前には女が一人、両手に赤子を抱へたまま、多愛《たわい》もないことをしやべつてゐる。保吉は店から往来へさした、幅の広い電燈の光りに忽ちその若い母の誰であるかを発見した。

「あばばばばばば、ばあ！」

　女は店の前を歩き歩き、面白さうに赤子をあやしてゐる。それが赤子を揺《ゆ》り上げる拍子に偶然保吉と目を合はした。保吉は咄嗟に女の目の逡巡する容子《ようす》を想像した。それから夜目《よめ》にも女の顔の赤くなる容子を想像した。しかし女は澄ましてゐる。目も静かに頬笑んでゐれば、顔も嬌羞《けうしう》などは浮べてゐない。のみならず意外な一瞬間の後、揺り上げた赤子へ目を落すと、人前も羞ぢずに繰り返した。

「あばばばばばば、ばあ！」

保吉は女を後ろにしながら、我知らずにやにや笑ひ出した。女はもう「あの女」ではない。度胸の好《い》い母の一人である。一たび子の為になつたが最後、古来如何《いか》なる悪事をも犯した、恐ろしい「母」の一人である。この変化は勿論女の為にはあらゆる祝福を与へても好い。しかし娘じみた細君の代りに図々《づうづう》しい母を見出したのは、……保吉は歩みつづけたまま、茫然と家々の空を見上げた。空には南風《みなみかぜ》の渡る中に円《まる》い春の月が一つ、白じろとかすかにかかつてゐる。……

（大正十二年十一月）

砂糖

永井荷風

病めるが上にも年々更に新しき病を増すわたしの健康は、譬えて見れば雨の漏る古家か虫の喰った老樹の如きものであろう。雨の漏るたび壁は落ち柱は腐って行きながら古家は案外風にも吹き倒されずに立っているものである。虫にくわれた老樹の幹は年々うつろになって行きながら枯れたかと思う頃、哀れにも芽を吹く事がある。

先頃掛りつけの医者からわたしは砂糖分を含む飲食物を節減するようにとの注意を受けた。誰が言い初めたか青春の歓楽を甘き酒に酔うといい、悲痛艱苦《かんく》の経験をたとえて世の辛酸を嘗めると言う。甘き味の口に快きはいうまでもない事である。

わが身既に久しく世の辛酸を嘗めるに飽きている折から、今やわが口俄にまた甘きものを断たねばならぬ。身は心と共に辛き思いに押しひしがれて遂には塩鮭の如くにならねば幸である。

午《ひる》にも晩にも食事の度々わたしは強い珈琲にコニャックもしくはキュイラソォを濺《そそ》ぎ、角砂糖をば大抵三ツほども入れていた。食事の折のみならず著作につかれた午後または読書に倦んだ夜半にもわたしは屢《しばしば》珈琲を沸すことを楽しみとした。

珈琲の中でわたしの最も好むものは土耳古《トルコ》の珈琲であった。トルコ珈琲のすこし酸いような渋い味いは埃及《エジプト》煙草の香気によく調和するばかりでない。仏蘭西オリヤンタリズムの芸術をよろこび迎えるわたしにはゴーチェーやロッチの文学ビゼやブリュノオが音楽を思出させるたよりとも成るからであった。

いつ時分からわたしは珈琲を嗜み初めたか明かに記憶していない。然し二十五歳の秋亜米利加へ行く汽船の食堂に於てわたしは既に英国風の紅茶よりも仏蘭西風の珈琲を喜んでいた事を覚えている。紐育《ニューヨーク》に滞留して仏蘭西人の家に起臥すること三年、珈琲と葡萄酒とは帰国の後十幾年に及ぶ今日迄遂に全く廃する事のできぬものとなった。

蜀山人《しょくさんじん》が長崎の事を記した瓊浦又綴《けいほゆうてつ》に珈琲のことをば豆を煎りたるもの焦臭くして食うべからずとしてある。わたしは柳橋の小家に三味線をひいていた頃、又は新橋の妓家から手拭さげて朝湯に行った頃――かかる放蕩の生涯が江戸戯作者風の著述をなすに必要であると信じていた頃にも、わたしはどうしても珈琲をやめる事ができなかった。

各人日常の習慣と嗜好とは凡そ三十代から四十前後にかけて定まるものである。中年の習慣は永く捨てがたいものである。捨て難い中年の習慣と嗜好とを一生涯改めずに済む人は幸福である。老境に入って俄に半生慣れ親んで来たものを棄て排けるは真に忍び難い。年老いては古きをしりぞけて新しきものに慣れ親しもうとしても既にその気力なく又時間もない。

珈琲と共にわたしはまた数年飲み慣れたショコラをも廃さなければならぬ。数年来わたしは独居の生活の気儘なるを喜んだ代り、炊事の不便に苦しみいつとはなく米飯を廃して麺麭《パン》のみを食していた。塩辛き味噌汁の代りに毎朝甘きショコラを啜っていた。欧洲戦争の当時船来の食料品の甚払底であった頃にも、わたしは百方手を尽して仏蘭西製のショコラを買っていたのである。

巴里の街の散歩を喜んだ人は皆知っているのであろう。あのショコラムニエーと書いた卑俗な広告は、セーヌ河を往復する河船の舷や町の辻々の広告塔に芝居や寄席の番組と共に張付けられてあった。わたしは毎朝顔を洗う前に寝床の中で暖いショコラを啜ろうと半身を起す時、枕元には昨夜読みながら眠った巴里の新聞や雑誌の投げ出されてあるのを見返りながら、折々われにもあらず十幾年昔の事を思出すのである。

巴里の宿屋に朝目をさましショコラを啜ろうとて起き直る時窓外の裏町を角笛吹いて山羊の乳を売行く女の声。ソルボンの大時計の沈んだ音。またリヨンの下宿に朝な朝な耳にしたロオン河の水の音。これ等はすべて泡立つショコラの暖い煙につれて、今も尚ありありと思出されるものを。医師の警告は今や飲食に関する凡ての快楽と追想とを奪い去った。口に甘きものは和洋の別なくわたしの身には全く無用のものとなった。

たしかリュキザンブルの画廊だと覚えている。クロードモネーが名画の中に食事の佳人は既に去って花壇に近き木蔭の食卓には空しき盞と菓子果物を盛った鉢との置きすてられたさまを描いたものがあった。突然わたしが此の油画を思い起したのは木の葉を縫う夏の日光の真白き卓布の面に落ちかかる色彩の妙味の為めではない。この製作に現われた如き幸福平和にして然も詩趣に富んだ生活に対する羨望と実感との為である。

父の世に在った頃大久保の家には大きな紫檀の卓子の上に折々支那の饅頭や果物が青磁の鉢や籐

編みの籃に盛られてあった。わたしはこれをば室内の光景扁額書幅の題詩などと見くらべて屡文人画の様式と精神とを賞美した。

浮世絵を好む人は蕙斎《けいさい》や北斎等の描ける摺物《すりもの》に江戸特種の菓子野菜果実等の好画図あるを知っているであろう。桜花散り来る竹縁に草餅を載せた盆の置かれたる、水草蛍籠なぞに心太をあしらいたる、或は銀杏の葉散る掛茶屋の床几に団子を描きたる。此等の図に対する鑑賞の興は蓋《けだ》し狂歌俳諧の素養如何に基く事、今更論ずるまでもない。

柏莚《はくえん》が老の楽に「くづ砂糖水草清し江戸だより」というような句があったと記憶している。作者の名を忘れたが、これも江戸座の句に「隅田川はる／〻来ぬれ瓜の皮」というのがあった。

詩文の興あれば食うもの口舌の外更に別種の味を生ず。袁随園《えんずいえん》の全集には料理の法を論じた食単なるものがある。明治初年西田春耕《しゅんこう》と云う文人画家は嗜口小史《しこうしょうし》を著して当時知名の士の嗜み食うものを説明した。いずれも当時文化の爛熟を思わしむるに足る。

われ等今の世に趣味を説くは木に攀《よ》じて魚を求むるにひとしい。わが医師わが身に禁ずるに甘きものを以てしたるは或は此の上もなき幸いであるやも知れぬ。最早都下の酒楼に上って盃盤の俗悪を嘆く虞なく、銀座を散策して珈琲の匂いなきを憤る必要もない。

大正十年九月稿

大阪の憂鬱

織田作之助

一

またしても大阪の話である。が、大阪の話は書きにくい。大阪の最近のことで書きたいような愉快な話は殆んどない。よしんばあっても、さし障りがあって書けない。「音に聴く大阪の闇市風景」などという注文に応じてはみたものの、いそいそと筆を取る気になれないのである。

――と、こんな風にまえがきしなければ、近頃は文章が書けなくなってしまった。読者も憂鬱だろうが、私も憂鬱である。書かれる大阪も憂鬱であろう。

私の友人に、寝る前に香り高い珈琲を飲まなければ（飲めばの――誤植ではない）眠れないという厄介な悪癖の持主がいる。飲む方も催眠剤に珈琲を使用するようでは、全く憂鬱だろうが、そんな風に飲まれる珈琲も恐らく憂鬱であろう。

それと同じでんで、大阪を書くということは、例えば永井荷風や久保田万太郎が東京を愛して東京を書いているように、大阪の情緒を香りの高い珈琲を味うごとく味いながら、ありし日の青春を刺戟する点に、たのしみも喜びもあるのだ。かつて私はそうして来たのだ。私はまだ三十代の半ばにも達していないが、それでも大阪を書くということには私なりの青春の回顧があった。しかし、私はいま回顧談をもとめられているわけではない。

「かたはらに秋草の花語るらく

ほろびしものはなつかしきかな」

という牧水流の感情に耽ることも、許されていない。私の書かねばならぬのは、香りの失せた大阪だ。いや、味えない大阪だ。催眠剤に使用される珈琲は結局実用的珈琲だが、今日の大阪もついに実用的大阪になり下ってしまったのだろうか。

しかし大阪はもともと実用的だったとひとは言うだろう。違う。大阪以外の土地が非実用的すぎただけで、大阪には味も香もあったのだ。しかも、それはほかの土地よりも高かったのだと言えば、余りに身びいきになりすぎるかも知れないが、すくなくとも私は大阪は香りの高い、じっくりと味うべき珈琲だった筈だと、信じている。

もっとも、珈琲といえば、今日の大阪の盛り場（というのは、既にして闇市場のことだが）には、銀座と同じように、昔の香とすこしも変らぬモカやブラジルの珈琲を飲ませる店が随分出来ている。

しかし、私たちは、そんな珈琲を味うまえにまず、

「こんな珈琲が飲める世の中になったのか、しかし、どうして、こんな珈琲の原料が手にはいるんだろう」

と驚くばかりである。

といって、いたずらに驚いておれば、もはや今日の大阪の闇市場を語る資格がない。

一個百二十円の栗饅頭を売っている大阪の闇市場だ。十二円にしてはやすすぎると思って、買お

うとしたら、一個百二十円だときかされて、胆をつぶしたという人がいるが、それくらいのことに驚いて胆をつぶすような神経では、大阪の闇市場に一歩はいればエトランジェである。一樽一万円の酒樽も売っているのだ。

「人を驚かせるが、自分は驚かないのが、ダンデイの第一条件だ」

という意味のことをボードレエルが言っているが、私たちはこの意味でのダンデイになることが、さしあたって狂人にならないための第一条件ではあるまいか。

それほど見るもの聴くものが、驚嘆すべきことばかりなのだ。しかも、驚嘆すべきことが、応接にいとまのないくらい、目まぐるしく表情を変えて、あわただしいテンポで私たちを襲っている昨日今日、いちいち莫迦正直に驚いていた日には、明日の神経がはや覚束ないのである。俗な言い方をすれば、驚いているひまもない。

二

「何でも売っている」

大阪の五つの代表的な闇市場――梅田、天六、鶴橋、難波、上六、の闇市場を歩いている人人の口から洩れる言葉は、異口同音にこの一言である。

思えば、きょうこの頃の日本人は、猫も杓子もおきまりの紋切型文句を言い、しかも、その紋切型しか言わなくなってしまったが、私は猫にも杓子にもなりたくないから、かえすがえすも紋切型を避けたいとは思う。しかし、大阪の闇市場のことを書くとすれば、やはり猫の如く、杓子の如く、いや鸚鵡の如くこの紋切型に負けてしまうのだ。

「何でも売っている」と。

なぜなら、大阪の闇市場の特色はこの一語に尽きるからである。

例えば主食を売っている。闇煙草を売っている。金さえ持って闇市場へ行けば、いつでも、たとえ夜中でも、どこかで米の飯が食べられるし、煙草が買えるのである。といえば、東京の人人は呆れるだろうか、眉をひそめるだろうか、羨ましがるだろうか。

勿論、警察の手入れはある。主食と闇煙草の販売を弾圧する旨の声明は、わざわざ何月何日よりと予告を発して、これまで十数回発表されたし、抜打ちの検挙も行われる。が依然として、街頭のパンやライスカレーは姿を消さず、また、梅田新道の道の両側は殆んど軒並みに闇煙草屋である。

六月十九日の大阪のある新聞に次のような記事が出ていた。

「大阪曾根崎署では十九日朝九時、約五十名の制服警官をくり出して梅田自由市場の煙草販売業者の一斉取締りを断行、折柄の雑沓の中で樫棒、煉瓦が入れ交っての大乱闘が行はれ重軽傷者数名を出した。負傷者は直ちに北区大同病院にかつぎ込み加療中。

（目撃者の話）――この乱闘現場の情景を目撃してゐた一人、大和農産工業津田氏（仮名）は重傷に屈せず検挙に挺身した同署員の奮闘ぶりを次のやうに語つた。

――場所は梅田新道の電車道から少し入つた裏通りでした。一人の私服警官が粉煙草販売者を引致してゆく途中、小路から飛び出して来た数名がバラバラツと取りかこみ、各自手にした樫棒で滅茶苦茶に打ち素手の警官はたちまちぶつ倒れて水溜りに顔を突つ込んだ。死んだやうになつてゐた数秒、しかし再び意識をとり戻した彼が、勇敢にも駈け出した途端に両手に煉瓦を持つて待ちぶせてゐた一人が、立てつづけに二個の煉瓦を投げつけ、ひるむところをまたもや背後から樫棒で頭部を強打したため、かの警官はつひにのめるやうにぶつ倒れたのだ。

ところが、この事件のあつた二日後の同じ新聞には、既に次のような記事が出ているのだ。

「流血の検挙をよそに闇煙草は依然梅田新道にその涼しい顔をそろへてをり、昨日もまた今日もあの路地を、この街角で演じられた検挙の乱闘を怖れる気色もなく、ピースやコロナが飛ぶやうに売れて行く。地元曾根崎署の取締りを嘲笑するやうに、今日もまた検挙網のど真中で堂堂と煙草を売つてゐる一人の闇商人曰く――

警察や専売局がいくら自由市場の煙草を取締つても無駄ですよ。専売局自身が倉庫から大量持ち出して、横流しをしてるんですからねえ」

東京の人人はこの記事を読んで驚くだろうが、しかし私は驚かない。私ばかりではない。大阪の人はだれも驚かないだろう。

そしてまた次のことにも驚かない。

最近大阪の闇市場では「警戒警報」「空襲警報」という言葉が囁かれている。しかし戦争中の話をしているのではない、警察の手入れのことを「警報」という隠語で伝達しているのである。どんなに極秘にされた抜打ちの手入れでも、事前に洩れる。これが「警戒警報」だ。当日いよいよ手入れが始まると、直ちに「空襲警報」が飛ぶというわけだ。

右の六月十九日の検挙は、曾根崎署だけでなく、府下一斉に行われ、翌日もまたくりかえされたのだが、梅田でもやはり「警報」が出た。しかし、さすがに逃げおくれた連中がいて、押収された煙草は二日間合計して、十五万本だということである。

逃げおくれた連中だけで十五万本、だから大阪全体でどれだけの横流し（などといやらしい紋切型言葉だが）の煙草があるか、想像も出来ないくらいだ。

ある皮肉屋が言っていた。

「近頃刻み煙草の配給しかないのは、専売局で盗難用の光やきんしを倉庫にストックして置かねばならぬからだ」と。

更に、べつの皮肉屋の言うのには、

「七月一日から煙草が値上りになるのは、たびたびの盗難による専売局の赤字を埋めるためだ」と。

それほど盗難が多いし、また闇商人が語っているように、横流しが多いのだ。そして、それが闇市場でまるで新聞を売るように堂堂と売られて、まるで新聞を買うように簡単に人人が買って行くのが大阪なのだ。

奇妙なことには、この闇煙草の値は五つの闇市場を通じて、ちゃんと統制されているが、日によって異動がある。つまり相場の上下がある。そして、その相場はたった一人の人間（つまり親分）が毎朝決定して、その指令が五つの闇市場へ飛び、その日の相場の統制が保たれるらしい——という話を、私はきいたが、もしそうだとすれば、そのたった一人の人間の統制力というものは、この国の政府の統制力以上であり、むしろ痛快ではないか。

三

私は目下京都にいて、この原稿を書いているが、焼けた大阪にくらべて、焼けなかった京都の美しさは悲しいばかりに眩しいような気がしてならない。

京都はただでさえ美しい都であった。が、焼けなかった唯一の都会だと思えば、ことにみじめに焼けてしまった灰色の大阪から来た眼には、今日の京都はますます美しく、まるで嘘のようであり、大阪の薄汚なさが一層想われるのである。

月並みなことを月並みにいえば、たしかに大阪の町は汚ない。ことに闇市場の汚なさといっては、お話にならない。今更言ってみても仕様がないくらい汚ない。わずかに、中之島界隈や御堂筋にありし日の大阪をしのぶ美しさが残っているだけで、あとはどこもかしこも古雑巾のように汚ない。おまけに、ややこしい。

「ややこしい」という言葉を説明することほどややこしいものはない。複雑、怪奇、微妙、困難、曖昧、――などと、当てはめようとしてもはまらぬくらい、この言葉はややこしいのだ。

「あの銀行はこの頃ややこしい」

「あの二人の仲はややこしい仲や」

「あの道はややこしい」

「玉ノ井テややこしいとこやなア」

「ややこしい芝居や」

みんな意味が違うのだ。そしてその意味を他の言葉で説明する事は出来ないのだ。

しかし敢て説明するならば、すくなくとも私にとって最近の大阪が「ややこしい」のは例えば梅田の闇市場を歩いていても、どこをどう通ればどこへ抜けられるのか、さっぱり見当がつかず、何度行ってもまるで迷宮の中へ放り込まれたような気がするという不安な感じがするという意味である。

かつて私は大阪のすくなくとも盛り場界隈だけは、どこの路地を抜ければ何屋があり、何屋の隣に何屋があるということを、隅隅まで知っていた。大阪の町を歩いて道に迷うようなことはなかった。ところが、梅田あたりの闇市場では既にして私は田舎者に過ぎない。旅馴れぬ旅行者のように、早く駅前へ出ようとうろうろする許りである。顔見知りもいない。

よしんば知人に会うても、彼もまたキョロキョロと旅行者のような眼をしているのである。いわば、勝手の違う感じだ。何か大阪に見はなされた感じなのだ。追ん出てしまった古女房が鉱山師か土木建築師の妾に収まって、へんに威勢よく、取りつく島もないくらい幅を利かしているのに出会った感じだと、言ってもよい。勝手にしやがれと、そっぽを向くより致し方がない。しかし、コテコテと白粉をつけていても、ふと鼻の横の小さなホクロを見つけてみれば、やはり昔なつかしい古女房である。

たとえば、この間、大阪も到頭こんな姿になり果てたのかと、いやらしい想いをしながら、夜の闇市場で道に迷っている時、ふと片隅の暗がりで、蛍を売っているのを見た。二匹で五円、闇市場の中では靴みがきに次ぐけちくさい商内《あきない》だが、しかし、暗がりの中であえかに瞬いている青い光の暈のまわりに、夜のしずけさがしのび寄っているのを見た途端、私はそこだけが闇市場の喧騒からぽつりと離れて、そこだけが薄汚い、ややこしい闇市場の中で、唯一の美しさ――まるで忘れられたような美しさだと思い、ありし日の大阪の夏の夜の盛り場の片隅や、夜店のはずれを想い出して、古女房に再会した――というより、死んだ女房の夢を見た時のような、なつかしい感傷があった。

四

闇市場で売っている蛍を見て、美しいと思ったなどという感傷は、思えば唾棄すべきではあるまいか。だいいち、このような型の感傷、このような型の文章は、戦争中「心の糧になるゆとりを忘れるな」という名目で随分氾濫したし、「工場に咲いた花」「焼跡で花を売る少女」などという、いわゆる美談佳話製造家の流儀に似てはいないだろうか。

蛍の風流もいい。しかし、風流などというものはあわてて雑文の材料にすべきものではない。大の男が書くのである。いっそ蛍を飛ばすなら、祇園、先斗町の帰り、木屋町を流れる高瀬川の上を飛ぶ蛍火や、高台寺の樹の間を縫うて、流れ星のように、いや人魂のようにふっと光って、ふっと消え、スイスイと飛んで行く蛍火のあえかな青さを書いた方が、一匹五円の闇蛍より気が利いていよう。すくなくとも美しい。

それが京都の美しさだ。大阪の妾だった京都は、罹災してみすぼらしく、薄汚なくなった旦那の大阪と別れてしまうと、かえってますます美しく、はなやかになり、おまけに生き生きと若返った。

古障子の破れ穴のように無気力だった京都は、新しく障子紙を貼り替えたのだ。かつての旦那だった大阪は、京都ではただで飛んでいる蛍をつかまえて、二四五円で売っている。みじめというほかはない。

ところが、さすがに大阪だ。京都で一番賑かな四条通、河原町通の商店の資本は、敗戦後たいてい大阪商人から出ているという話である。

最近、四条河原町附近の土地を、五百万円の新円で買い取った大阪の商人がいるという。

焼けても、さすがに大阪だったのだ。――という眼でみれば、大阪の盛り場、闇市場を歩いている時と、京都のそれを歩いている時との感じの違いが、改めて判るのである。京都から大阪へ行く。闇市場を歩く。何か圧倒的に迫って来る逞しい迫力が感じられるのだ。ぐいぐい迫って来る。襲われているといった感じだ。焼けなかった幸福な京都にはない感じだ。既にして京都は再び大阪の妾になってしまったのかも知れない。

東京の闇市場は商人の掛声だけは威勢はいいが、点点とした大阪の闇市場のような迫力はない。点点としているが、竹ごまのように、一たび糸を巻いて打っ放せば、ウアーンと唸り出すような力だ。

この力が千日前を、心斎橋を、道頓堀を、新世界を復興させたのだ。――と、しかし私はあわてているわけではない。なるほど、これらの盛り場は復興した。政府や官庁に任せて置けば、バラック一つ建ちようのない世の中で、自分たちだけの力でよくこれだけ建てたと思えるくらい、穴地を埋めてしまった。法善寺——食傷横丁といわれていた法善寺横丁の焼跡にも、二鶴やその他の昔なつかしい料理店が復活した。千日前の歌舞伎座の横丁——昔中村鴈治郎が芝居への通い路にしていたとかで鴈治郎横丁と呼ばれている路地も、以前より家数が多くなったくらいバラックが建って、食傷路地らしく軒並みに飲食店だ。などという話を見聴きすれば、やはりなつかしいが、しかし、

「大阪ですか。千日前も心斎橋も、道頓堀も、新世界も、あ、それから、法善寺横丁も、鴈治郎横丁も、みんな復興しましたよ。大阪は逞しいもんですよ」

と、さりげなく言って、嘯いておれるだろうか。

いつか阿倍野橋の闇市場の食堂で、一人の痩せた青年が、飯を食っているところを目撃した。

彼はまず、カレーライスを食い、天丼を食べた。そして、一寸考えて、オムライスを注文した。やがて、それを平げると、暫らく水を飲んでいたが、ふと給仕をよんで、再びカレーライスを注文した。十分後にはにぎり寿司を頬張っていた。

私は彼の旺盛な食欲に感嘆した。その逞しさに畏敬の念すら抱いた。

「まるで大阪みたいな奴だ」

所が、きけばその青年は一種の飢餓恐怖症に罹っていて、食べても食べても絶えず空腹感に襲われるので、無我夢中で食べているという事である。逞しいのは食欲ではなく、飢餓感だったのだ。

私は簡単にすかされてしまったが、大阪の逞しい復興の力と見えたのも、実はこの青年の飢餓恐怖症と似たようなものではないかと、ふと思った。

千日前や心斎橋や道頓堀や新世界や法善寺横丁や鴈治郎横丁が復興しても、いや、復興すればするほど、大阪のあわれな痩せ方が目立って仕様がないのである。

闇市場で煙草や主食を売っているというのも、いや売らねばならぬというのも、思えば大阪の逞しさというより、むしろ、大阪のあわれな悪あがきではなかろうか。

鼻

ニコライ・ゴーゴリ
平井肇訳

一

三月の二十五日にペテルブルグで奇妙きてれつな事件がもちあがった。ウォズネセンスキイ通りに住んでいる理髪師《とこや》のイワン・ヤーコウレヴィッチ（というだけでその苗字は不明で、看板にも、片頬に石鹸の泡を塗りつけた紳士の顔と、【鬱血《こり》もとります】という文句が記してあるだけで、それ以外には何も書いてない）、その理髪師《とこや》のイワン・ヤーコウレヴィッチがかなり早く眼をさますと、焼きたてのパンの匂いがプーンと鼻に来た。寝台の上でちょっと半身をもたげると、相当年配の婦人《おんな》で、コーヒーの大好きな自分の女房が、いま焼けたばかりのパンを竈《かまど》から取り出しているのが眼についた。「きょうはねえ、プラスコーヴィヤ・オーシポヴナ、コーヒーは止しにするぜ。」と、イワン・ヤーコウレヴィッチが言った。「そのかわり、焼きたてのパンに葱《ねぎ》をつけて食べたいね。」（つまり、イワン・ヤーコウレヴィッチにはコーヒーもパンも、両方とも欲しかったのであるが、一どきに双方を要求したところで、とても駄目なことがわかっていた、それというのも、プラスコーヴィヤ・オーシポヴナが、そうしたわがままをひどく好かなかったからである。）【ふん、お馬鹿さん、欲しけりゃパンを食べるがいいさ、こちらにはその方が有難いや。】と、細君は肚の中で考えた。【コーヒーが一人前あまるというもんだからね。】そしてパンを一つ食卓の上へ抛り出した。

イワン・ヤーコウレヴィッチは、礼儀のためにシャツの上へ燕尾服をひっかけると、食卓に向かって腰かけ、二つの葱の球に塩をふって用意をととのえ、やおらナイフを手にして、勿体らしい顔つきでパンを切りにかかった。真二つに切り割って中をのぞいてみると――驚いたことに、何か白っぽいものが目についた。イワン・ヤーコウレヴィッチは用心ぶかく、ちょっとナイフの先でほじくって、指でさわってみた。【固いぞ!】と、彼はひとりごちた。【いったい何だろう、これは?】

彼は指を突っこんでつまみ出した――鼻だ!……イワン・ヤーコウレヴィッチは思わず手を引っこめた。眼をこすって、また指でさわって見た。鼻だ、まさしく鼻である! しかも、その上、誰か知った人の鼻のようだ。イワン・ヤーコウレヴィッチの顔にはまざまざと恐怖の色が現われた。しかしその恐怖も、彼の細君が駆られた憤怒に比べては物のかずではなかった。

「まあ、この人でなしは、どこからそんな鼻なんか削《そ》ぎ取って来たのさ?」こう、細君はむきになって呶鳴《どな》りたてた。「悪党! 飲んだくれ! この私がお前さんを警察へ訴えてやるからいい。何という大泥棒だろう! 私はもう三人のお客さんから、お前さんが顔をあたる時、今にもちぎれそうになるほど鼻をひっぱるって聞かされているよ。」

だが、イワン・ヤーコウレヴィッチはもう生きた空《そら》もない有様であった。彼はその鼻が、誰あろう、毎週水曜と日曜とに自分に顔を剃《あた》らせる八等官コワリョーフ氏のものであることに気がついたのである。

「まあ、お待ち、プラスコーヴィヤ・オーシポヴナ、こいつはぼろきれにでも包んで、どこか隅っこに置いとこう。あとで俺が棄ててくるよ。」

「ええ、聞きたくもない！　削ぎとった鼻なんかを、この部屋に置いとくなんて、そんなことを私が承知するとでも思うのかい？……この出来そくない野郎ったら！　能といえば、革砥《かわと》を剃刀でペタペタやることだけで、肝腎なことを手っ取り早く片づける段になると、空っきし意気地のない、のらくらの、やくざなのさ、お前さんは！　私がお前さんに代って、警察で申し開きをするとでも思ってるのかい？……ああ、何てだらしのない、木偶《でく》の坊だろう！　さっさと持って行っとくれ！　さあってば！　どこへでも好きなところへ持って行くがいいよ！　私やそんなものの匂いだって嗅ぎたくないんだからね！」

　イワン・ヤーコウレヴィッチは、まるで叩きのめされたもののように茫然として突っ立っていた。彼は考えに考えたが、さて何をいったい考えたらいいのか見当がつかなかった。【どうしてこんなことになったのか、さっぱり訳がわからないや。】と、とうとうしまいに耳の後を掻きながら彼は呟やいた。【きのう俺は酔っ払って帰ったのかどうか、それさえもう、はっきりしたことはわからないや。だが、こいつは、どの点から考えても、まったく有り得べからざる出来ごとだて。第一パンはよく焼けているのに、鼻はいっこうどうもなっていない。さっぱりどうも、俺には訳がわからないや！】イワン・ヤーコウレヴィッチはここで黙りこんでしまった。警察官が彼の家を捜索して鼻を見つけ出す、そして自分が告発されるのだと思うと、まるで生きた心地もなかった。美々しく銀モールで刺繍をした赤い立襟や佩剣などが、もう眼の前にちらついて……彼は全身ブルブルとふるえだした。とうとう下着や長靴を取り出して、そのきたならしい衣裳を残らず身につけると、プラスコーヴィヤ・オーシポヴナの口喧ましいお説教をききながら、彼は鼻をぼろきれに包んで往来へ出た。

彼はそれを、どこか門の下の土台石の下へでも押し込むか、それとも何気なくおっことしておいて、つと横町へ外《そ》れてしまうかしたかったのである。ところが、間の悪いことに、ともすれば知人に出っくわし、相手からさっそく【やあ、どちらへ?】とか、【こんなに早く誰の顔を剃《あた》りに行くんだね?】などと訊ねられることになったため、イワン・ヤーコウレヴィッチは、如何《いかん》とも好機会をつかむことができなかった。一度などは、まんまと一物をおっことしたのであるが、巡査《おまわり》がまだ遠くの方から戟《ほこ》でもってそれを指し示しながら、「おい、何か落っこちたぞ、拾いたまえ!」と注意したので、イワン・ヤーコウレヴィッチはまたもや鼻を拾いあげて、しょうことなしにかくしへ仕舞いこまなければならなかった。やがて、大小の店が表戸をあけはじめ、それにつれて往来の人通りがつぎつぎとふえて来る一方なので、彼はいよいよ絶望してしまった。

そこで彼は、何とかしてネワ河へ投げこむことは出来ないだろうかと思って、イサーキエフスキイ橋へ行ってみようと肚をきめた……。ところで、このいろんな点において分別のある人物、イワン・ヤーコウレヴィッチについて、これまで何の説明も加えなかったことは、いささか相済まない次第である。

イワン・ヤーコウレヴィッチは、やくざなロシアの職人が皆そうであるように、ひどい飲んだくれで、また、毎日他人の頤《あご》を剃っているくせに、自分自身の鬚はついぞ剃ったことがなかった。イワン・ヤーコウレヴィッチの燕尾服（イワン・ヤーコウレヴィッチはけっしてフロックコートを着なかった）はまだらであった。つまり、それははじめ黒であったが、今ではところ嫌わず茶色がかった黄色や灰色の斑紋だらけになっていたのである。それに襟は垢でてかてかと光り、ボタンが三つともとれて、糸だけ残っているという為体《ていたらく》であった。またイワン・ヤーコウレヴィッチは、大の不精ものであったから、八等官のコワリョーフは彼に顔をあたらせる時、いつもこう言ったものである。「イワン・ヤーコウレヴィッチ、君の手はいつも臭いねえ。」するとその返事がわりにイワン・ヤーコウレヴィッチは、「どうして臭いんでしょうな？」と問い返す。「どうしてか知らないけれど、どうも臭いよ、君。」そう八等官が言うと、イワン・ヤーコウレヴィッチは嗅ぎ煙草を一服やってから、腹いせに八等官の頬といわず、鼻の下といわず、耳のうしろといわず、あごの下といわず――一口にいえば、ところ嫌わず手あたり次第に、石けんをやけに塗りたくったものである。

さて、この愛すべき一市民は、今やイサーキエフスキイ橋の上へやって来た。彼は何よりもさきにまずあたりを見廻してから、よほどたくさん魚でもいるかと、橋の下をのぞくようなふりをして、欄干によりかかりざま、こっそり鼻の包みを投げ落とした。彼はまるで十プードもある重荷が一時に肩からおりたように思った。イワン・ヤーコウレヴィッチは、にやりとほくそえみさえした。そこで彼は役人連の顔を剃《あた》りに行くのを見合わせて、ポンスでも一杯ひっかけてやろうと、【お料理喫茶】という看板の出ている家の方へ足を向けたが、その途端に、大きな頬髯をたくわえた堂々たる恰幅《かっぷく》の巡査が、三角帽をいただき、佩剣を吊って、橋のたもとに立っているのが眼についた。イワン・ヤーコウレヴィッチはぎくりとした。ところがその巡査は彼を指でさし招いて、「おい、ちょっとここへ来い！」と言う。

イワン・ヤーコウレヴィッチは礼儀の心得があったので、もう遠くの方から無縁帽《カルトウーズ》をとって、小走りに近よるなり、「はい、これはこれは御機嫌さまで、旦那！」と言った。

「うんにゃ、旦那もないものだぞ。一体お前は今、橋の上に立ちどまって何をしちょったのか？」

「いえ、けっして何も、旦那、ただ顔を剃《あた》りにまいります途中で、河の流れが早いかどうかと、ちょっとのぞいてみましただけで。」

「嘘をつけ、嘘を！　その手で誤魔化すこたあ出来んぞ。素直に返答をしろ！」

「ねえ、旦那、何なら一週に二度、いや三度でも、旦那のお顔を無料《ただ》で剃《あた》らせていただきたいと思っておりますんで。」と、イワン・ヤーコウレヴィッチは答えた。

「何だ、くだらない！　俺んとこへは理髪師《とこや》が三人も顔を剃りに来とる、しかもみんな無上の光栄だと思っちょるのじゃ。さあ、そんなことより、あすこで何をしちょったのか、ほんとうのことを述べてみい！」

イワン・ヤーコウレヴィッチは、さっと色を失った。ところがここでこの一件はまったく霧につつまれてしまって、いったいその先がどうなったのか、とんと分らないのである。

二

八等官のコワリョーフはかなり早く眼を覚すと、唇を【ブルルッ……】と鳴らした。自分でもこれはいったいどういう原因からか、説明する訳にゆかなかったが、とに角、眼を覚すといつもやる癖であった。コワリョーフは一つ伸びをすると、テーブルの上に立ててあった小さい鏡を取り寄せた。昨夜、自分の鼻の頭に吹き出したにきびを見ようと思ったのである。ところが、おっ魂消《たまげ》たことに、鼻はなくて、その場所《あと》がまるですべすべののっぺらぼうになっているではないか！　仰天したコワリョーフは水を持って来させて、タオルで眼を拭ったが、確かに鼻がない！　手でさわって見たり、これは夢ではないかと、我が身をつねってみたりしたが、どうも夢ではなさそうだ。八等官コワリョーフは寝台からとび起きざま、武者ぶるいをしてみた――が、やはり鼻はなかった！　彼はさっそく着物を持って来させて着換をすると、真直に警視総監の許へ行こうと表へ駆け出した。

ところで、これが一体どんな種類の八等官であったか、それを読者に知らせるために、この辺でコワリョーフなる人物について一言しておく必要がある。八等官といっても学校の免状のお蔭でその官等を獲得したものと、コーカサスあたりで成りあがった者とでは、まるで比べものにはならない。この両者は全然、類を異にしている。学校出の八等官の方は……。だが、このロシアという国は実に奇妙なところで、一人の八等官について何か言おうものなら、それこそ、西はリガから東はカムチャツカの涯《はて》に至るまで、八等官という八等官がみな、てっきり自分のことだと思いこんでしまう。いや、これは八等官に限らず、どんな地位官等にある人間でもやはり同じことで。さて、このコワリョーフはコーカサスがえりの八等官であった。それも、この官等についてからまだやっと二年にしかならなかったため、片時もそれを忘れることができず、そればかりか、なおいっそう品位と威厳を添えるため、彼は単に八等官とはけっして名乗らず、常に少佐と自称していた。「あのね、おい」そう彼は胸衣《むねあて》を売っている女に街で出逢うと、きまって言ったものだ。「俺の家《うち》へ来てくれ。住いはサドワヤ街だよ。コワリョーフ少佐の家はどの辺かと訊きさえすれば、誰でも教えてくれるからね。」そして相手が、ちょっと渋皮の剥けた女ででもあれば、その上に内証の用事を言いつけてから、「ね、好い女《こ》だから、コワリョーフ少佐の家《うち》って訊くんだよ。」とつけ加えたものである。だからわれわれもこれから先は、この八等官を少佐と呼ぶことにしよう。

　さて、コワリョーフ少佐には毎日ネフスキイ通りを散歩する習慣があった。彼の胸衣《むねあて》のカラーはいつも真白で、きちんと糊付がしてあった。その頬髯は今日でも、県庁や郡役所付の測量技師とか、建築家とか、連隊付の軍医とか、また各種の職務にたずさわっている連中で、おおむね頬が丸々と肥えて血色がよく、ボストン・カルタの上手な手合によく見うけられる種類のもので、つまりその頬髯は頬の中ほどを走って真直に鼻の脇まで達していた。いつもコワリョーフ少佐は紅玉髄《こうぎょくずい》の印形を沢山もっていたが、それには紋章のついたのや、【水曜日】【木曜日】【月曜日】などと彫《ほ》ったのがあった。コワリョーフ少佐がこのペテルブルグへやって来たのは、それだけの要件があってのことで、つまり、自分の官等にふさわしい務め口をさがすためであった。うまく行けば副知事を、さもなければ、どこか重要な省の監察官あたりを狙っていたのである。コワリョーフ少佐には結婚する意志がない訳ではなかったが、但しそれは花嫁に持参金が十二万もついている場合に限られていた。されば今や読者には、かなり立派で尋常な鼻のかわりに、ひどく馬鹿げてつるつるした、平べったい跡形を見た時のこの少佐の胸中がどんなであったかは、自ずから察しがつくであろう。

あいにく、通りには一台の辻馬車も見当たらなかったので、彼はマントに身をくるみ、さも鼻血にでも困っているような恰好に、ハンカチで顔をおさえて、てくてくと歩いて行くよりほかはなかった。【だが、もしかしたら思い違いかも知れないぞ。そうむやみに鼻がなくなる訳はないから。】こう思ったので、彼は鏡をのぞいてみるために、わざわざ菓子屋へ立ち寄った。好いあんばいに店には誰もいなかった。小僧たちが部屋の掃除をしたり、椅子をならべたりしているだけで、中には寝呆《ねぼ》け眼《まなこ》をして、焼きたてのケーキを盆にのせて運び出している者もあった。テーブルや椅子の上には、コーヒーの汚点《しみ》のついた昨日の新聞が散乱していた。【いや、これは有難い、誰もいないや。】と、彼は呟いた。【今なら、見てやれるぞ。】彼はおずおず鏡に近寄って、ひょいと中をのぞいた。【畜生め！　何という醜態《ざま》だ！】彼はそう口走って、ペッと唾を吐いた。【せめて鼻の代りに何かついているならまだしも、まるっきり何もないなんて……】

　いまいましげに唇をかんで菓子屋を出た彼は、日頃の習慣に反して、誰にも眼をくれたり、笑顔を見せたりはすまいと肚をきめた。ところが、不意に彼は或る家の入口の傍で棒立ちになって立ちすくんでしまった。じつに奇態な現象がまのあたりに起こったのである。一台の馬車が玄関前にとまって、扉《と》があいたと思うと、中から礼服をつけた紳士が身をかがめて跳び下りるなり、階段を駆けあがっていった。その紳士が他ならぬ自分自身の鼻であることに気がついた時のコワリョーフの怖れと驚きとはそもいかばかりであったろう！　この奇怪な光景を目撃すると、眼の前のものが残らず転倒してしまったように思われて、彼はじっとその場に立っているのも覚束なく感じたが、まるで熱病患者のようにブルブルふるえながらも、自分の鼻が馬車へ戻って来るまで、どうしても待っていようと決心した。二、三分たつと、はたして鼻は出て来た。彼は立襟のついた金の縫い取りをした礼服に鞣皮《なめしかわ》のズボンをはいて、腰には剣を吊っていた。羽毛《はね》のついた帽子から察すれば、彼は五等官の位にあるものと断定することができる。前後の様子から察して、彼はどこかへ挨拶に来たものらしい。ちょっと左右を見まわしてから、駆者に、「馬車をこちらへ！」と叫んで、乗り込むなり駆け去ってしまった。

哀れなコワリョーフは気も狂わんばかりであった。彼はこのような奇怪千万な出来事をどう考えてよいのか、まるで見当がつかなかった。まだ昨日までは彼の顔にちゃんとついていて、ひとりで馬車に乗ったり歩いたりすることのできなかった鼻が、まったく、どうして礼服を着ているなどということがあり得よう！　彼は馬車の後を追って駆けだしたが、さいわい、馬車は少し行ってカザンスキイ大伽藍の前でとまった。

彼は急いで、よくこれまでそれを見て嘲笑《わら》ったりした、顔じゅうを繃帯して、二つの穴から眼玉だけ出している乞食の老婆の立ちならんでいる間を押し分けるようにして、伽藍へ駆けつけるなり、堂内へ飛びこんだ。堂内には参詣人も少しあったが、彼らは皆、入口の間近に佇《たたず》んでいた。コワリョーフはひどくどぎまぎして、今は祈祷を捧げるなどという気力の少しもないことを感じた。彼は隅から隅へと、鼻の姿を探し求めたが、やがて一方に当の相手の佇んでいる姿を見つけた。鼻は例の大きな立襟の中へ顔をすっかり隠して、ひどく信心深そうな様子で祈祷を捧げていた。

【どうして、あいつに近づいたものかな？】と、コワリョーフは考えた。【服装《なり》がれっきとしており、おまけに五等官と来てやあがる。】

彼は相手の傍らに立って咳払いをしはじめたが、鼻は寸時もその信心深そうな姿勢をくずさず、しきりに礼拝している。

「もし、貴下《あなた》」と、コワリョーフは無理にも心を鞭打って、「あの、もし貴下《あなた》……」

「何か御用で？」と、鼻が振りかえって答えた。

「わたくしには不思議でならないのですよ、貴下《あなた》……どうも、その……。御自分の居どころはちゃんと御存じのはずです。それなのに、意外なところでお目にかかるものでして、いったいここはどこでしょう？　お寺ではありませんか。まあ、思ってもみて下さい……」

「どうも、おっしゃることが理解《のみこ》めません、もっとはっきりおっしゃって下さい。」

【どう説明したものだろう？】と、コワリョーフはちょっと考えてから、勇を鼓してこう切りだした。

「もちろん、わたくしはその……。それはそうと……。どうも、鼻なしで出歩くなんて、そうじゃありませんか、これが、あのウォスクレセンスキイ橋あたりで皮剥ぎ蜜柑《みかん》を売っている女商人か何ぞなら、鼻なしで坐っていても構わないでしょうがね。しかし万々のまちがいもなく今に知事の口にありつかれようとしている人間にとっては、その……。いや、わたくしには何が何やらさっぱりわからないのですよ、貴下。（こう言いながら、少佐は肩をすぼめた……）失礼ですけれど、もしもこれを義務と名誉の法則に照らして考えますなら……あなた御自身よくおわかりのことでございましょうが……」

「いや、さっぱりわかりませんねえ。」と、鼻が答えた。「もっとよくわかるように説明して下さい。」

「ね、貴下、」コワリョーフは昂然として言った。「わたくしには、あなたのお言葉をどう解釈していいかわからないのです……。この際、問題は明々白々だと思いますがねえ……それとも、お厭なんで……。だって、あなたは——このわたくしの鼻ではありませんか！」

鼻はじっと少佐を眺めたが、その眉がやや気色ばんだ。

「何かのお間違いでしょう。僕はもとより僕自身です。のみならず、あなたとの間に何ら密接な関係のあるべきいわれがありません。お召しになっている、その略服のボタンから拝察すれば、大審院か、あるいは、少なくとも司法機関にお勤めのはずですが、僕は文部関係のものですからね。」

こう言うなり、鼻はくるりと向きを変えて、再び祈祷にうつった。

コワリョーフはすっかりまごついて、はたと言句につまってしまった。【どうしてくれよう？】彼はちょっと考えた。その時、一方から気持のよい婦人の衣《きぬ》ずれの音が聞えて来た。かなり大柄な全身にレースの飾りをつけた、どこかゴチック建築に似たところのある中年の貴婦人が入って来た。それと一緒に、すらりとした姿に大変よく似合った服をつけ、カステーラ菓子みたいにふんわりした卵色のボンネットをかぶった、華奢《きゃしゃ》な娘がやって来た。二人の後では、大きな頬髯をたくわえて、カラーを一ダースもつけていそうな、背の高い紳士が立ちどまって、やおら嗅ぎ煙草入の蓋をあけた。

コワリョーフはつかつかと進み寄って、胸衣の、バチスト麻のカラーを摘み出して形をととのえ、時計につけていた印形《いんぎょう》を直すと、あたりへ微笑をふりまきながら、そのなよなよしい娘の方へじっと注意を凝らした。娘は春さく花のように、わずかに頭を下げると、半ば透きとおるような指をした色の白い手を額《ひたい》へ持っていった。そのボンネットのかげから、娘の頤《あご》の端と頬の一部を見て取ると、コワリョーフの顔の微笑はさらに大きく拡がった。が、その途端に、まるで火傷でもしたように彼は後へ跳び退いた。自分の顔の鼻の位置がまるで空地になっていることを想い出したのである。眼からは涙がにじみ出した。そこで彼は、くだんの紳士に向かって、お前は五等官の贋物だ、お前はペテン師で悪党だ、お前は俺の鼻以外の何者でもないのだと、単刀直入に言ってやろうと心を取り直した……。が、鼻はもう、そこにはいなかった。また誰かのところへ挨拶をしに、まんまと擦りぬけて行ってしまったのだろう。

コワリョーフは会堂の外へ出た。ちょうど好い時刻で、陽はさんさんとして輝いており、ネフスキイ通りは黒山のような人出であった。婦人連も、まるで洪水のように押し流されている。……おや、彼の知り合いの七等官がやって来る。コワリョーフはこの男のことを中佐中佐と呼んでいた。殊に局外者の前でそう呼んだものである。あ、向こうにカルイジキンの姿も見える。これは大審院の一係長で、彼とは大の親友だが、ボストン・カルタを八人でやると、いつも負けてばかりいる男だ。おや、あすこから、コーカサスで八等官にありついた、もう一人の少佐が、こちらへ手を振っておいでおいでをやっている……。

【ちぇっ、くそ喰えだ！】コワリョーフはこう呟いてから、「おい、辻馬車！　まっすぐに警察部長のところへやれ！」

　コワリョーフは馬車に乗り込むと、「全速力でやれ！」と、ひたすら馭者をせきたてた。

「警察部長は御在宅ですか？」と、玄関へ入るなり彼は呶鳴った。

「いや、おいでになりませんよ。」という玄関番の答えだ。「たった今お出かけになったばかりで。」

「さあ、困ったぞ！」

「はい、まったく、」と玄関番はつけ加えた。「それもつい今しがたお出かけになりましたので。もう、ほんの一分も早ければ、御面会になれたかもしれませんのに。」

　コワリョーフはハンカチを顔にあてたまま、馬車に乗りこむと、自暴《やけ》くそな声で「さあ、やれ！」と呶鳴った。

「どちらへ？」と馬車屋が訊ねた。

「真直ぐに行け！」

「え？　真直ぐにね？　だってここは曲り角ですぜ。右へですか、それとも左ですか？」

　この問いがコワリョーフの心を制して、再び彼を考えさせた。かような事態に立ち至ったかぎりは、さしあたり治安の府に訴えるのが順当であった。というのは、直接これが警察に関係のある事件だからというよりも、警察の手配が他のどこよりもはるかに敏速に行なわれるからであって、鼻が勤めていると言った役所の手を経て満足な結果を期待しようなどとは、まったく沙汰のかぎりで、すでにあの鼻との問答それ自体からわかるように、あいつには少しも神妙なところがないから、今度も先刻と同じ調子で、こんな男とは一面識もないと言い切って、まんまと誤魔化してしまうに違いないからである。そういう訳でコワリョーフは、安寧の府たる警察署へ行くように、駅者に言いつけるばかりになっていたのであるが、急に考えが変って、あのペテン師の悪党野郎はすでに初対面の時からして、あんな図々しい態度をとったほどであるから、いい潮時を見て、まんまと都落ちをしてしまうかもしれない。もしそうなったら、あらゆる捜査も水の泡だ、水の泡でないまでも、まる一ヵ月は長びくだろう、それでは堪《たま》らんと彼は思ったが、やがて天から彼に名案が授けられたようである。これはひとつ、真直ぐに新聞社へ駆けつけて、いち早く、彼奴《きゃつ》の特徴を詳細に書いた広告を出すことにしようと肚をきめたのである。そうすれば、誰でも彼奴を見つけ次第、さっそく彼のところへ突き出してくれるなり、少なくとも奴の在所を知らせてくれるに違いない。そう決心すると、彼は馬車屋に、新聞社へ行けと命じて、途中も絶えず「こら、もっと早くやれ！　畜生、もっと急ぐんだ！」と呶鳴りながら、馬車屋の背中を小突きつづけた。駅者は頭《かぶり》を振り振り、「いやはや、この旦那は！」とつぶやいては、まるでスパニエル犬のように毛のながい馬の背を手綱で鞭打った。ようやく馬車がとまるると、コワリョーフはハアハア呼吸《いき》をはずませながら、あまり大きくもない受付室へ駆けこんだ。そこには古びた燕尾服を着て眼鏡をかけた白髪の係員がテーブルに向かって、ペン軸を口にくわえたまま、受けとった銅貨の勘定をしていた。

「広告を受け付ける方はどなたです？」とコワリョーフは呶鳴って、「あ、今日は！」

「はい、いらっしゃい。」そう言って、白髪の係員はちらと眼をあげたが、そのまま又、堆《うずたか》くつまれた銭の山へ視線をおとした。

「ちょと掲載して貰いたいことがあるんですが……」

「どうかしばらくお待ち下さい。」そう言って係員は、片手で紙に数字を記入しながら左手の指で算盤《そろばん》の玉を二つ弾《はじ》いた。モール飾りをつけた、よほど貴族的な家に雇われているらしく小ざっぱりした身なりの従僕が、一枚の書付を手に持ってテーブルの傍に立っていたが、自分の気さくなところを見せるのが礼儀だとでも思ったのか、こんなことを言っている。

「ね、旦那、その狆《ちん》ころといえば、十カペイカ銀貨八枚の値打もない代物ですよ、もっともわっしなら二カペイカ銅貨八枚も出しゃしませんがね、そいつを伯爵夫人の可愛がりようといったら、それあ大変なものでしてね、その小犬を探し出してくれた人には、お礼に大枚百ルーブルだすというのですよ！　まったくのところ、現にわっしと旦那とだってそうですが、人間の好き嫌いって奴は実に様々なものですねえ。好きとなったが最後、ポインターだのプードルだのという犬を飼って、五百ルーブルでも千ルーブルでも気前よく投げ出す人がありますが、その代り犬も上物でなけあね。」

分別くさい係員は大真面目な顔つきで聴き耳を立てながら、それと同時に、提出された原稿の文字が幾字あるかを勘定していた。あたりには皆それぞれ書付を手にした、老婆だの、手代だの、門番だのといった連中が多勢立っていた。その書付には、品行方正なる馭者、雇われたしというのもあれば、一八一四年パリより購入、まだ新品同様の軽馬車、売りたしというのもある。そうかと思うと、洗濯業の経験あり、他の業務にも向く十九歳の女中、雇われたしとか、堅牢な馬車、但し弾機《ばね》一個不足とか、生後十七年、灰色の斑《ぶち》ある若き悍馬《かんば》とか、ロンドンより新荷着、蕪《かぶ》および大根の種子とか、設備完全の別荘、厩《うまや》二棟ならびに素晴しき白樺または樅《もみ》の植込となし得る地所つきといったものも見受けられ、また、古靴底の買手募集、毎晩八時より午前三時まで競売というようなのもあった。すべてこうした連中の押しかけていた部屋は手狭であったため、室内の空気がひどく濁っていた。けれど、八等官のコワリョーフはその臭いさえ感じなかった。というのは、ハンカチを当てていたからでもあるが、第一、肝腎の鼻そのものが、一体どこへ行ったのやら皆目わからない為体《ていたらく》であったからである。

「時に、ぜひひとつお願いしたいのですが……非常に緊急な用事なんでして。」と、とうとう我慢がならなくなって、彼は口を切った。

「はい只今、只今……。二ルーブルと四十三カペイカ也と……。只今すぐですよ！……一ルーブル六十四カペイカ也と！」そう言いながら白髪の紳士は、老婆や門番連の眼の前へ書付を投げ出しておいて、「ところで貴方の御用は？」と、ようやくコワリョーフの方を向いて訊ねた。

「わたしのお願いは……」と、コワリョーフが言った。「詐欺ともペテンともつかぬものに引掛りましてね――それが今もって、どうしてもわからないのです。で、その悪党をわたしのところへ引っぱって来てくれた人には、相当の謝礼をすると掲載していただければよろしいんです。」

「ところで、お名前は何とおっしゃいますか？」

「いや、名前など訊いて何になさるのです？　そいつは申しあげられませんよ。何しろ知り合いがたくさんありますからね。例えば五等官夫人のチェフタリョワだの、佐官夫人のペラゲヤ・グリゴーリエヴナ・ポドトチナだのといったあんばいに……。それで、もしもそんな人たちに知れようものなら、それこそ大変です！　ただ、八等官とか、いやそれより、少佐級の人物とでもしておいて下されればいいでしょう。」

「で、その逃亡者というのは、お宅の下男ですね？」

「下男などじゃありませんよ！　そんなのなら、別に大したことではありませんがね！　失踪したのは……鼻なんで……」

「へえ！　それはまた珍しい名前ですな！　で、その鼻氏とやらは、よほどの大金を持ち逃げしたんですか？」

「いや、鼻というのは、つまり……誤解されては困りますよ！　つまり、わたし自身の鼻のことで、それがね、どこかへ失踪して、わからなくなってしまったのです。畜生め、人を馬鹿にしやがって！」

「だが、どうして失踪したとおっしゃるんで？　どうもよく会得《のみこ》めませんが。」

「どうしてだか、わたしにもお話のしようがありませんがね、しかし彼奴が今、市《まち》じゅうを乗り廻して、五等官と名乗っていることは事実です。だから、そやつを取り押えた人が一刻も早くわたしのところへしょびいて来てくれるように、ひとつ広告を出していただきたいとお願いしてるんですよ。まあ、ほんとうに、お察し下さい、こんな、躯《からだ》のうちでも一番に目立つところを無くしては立つ瀬がないじゃありませんか！　これは、足の小指か何かとは訳が違いますよ。そんなものなら、たとえ無くても、靴さえはいておれば、誰にもわかりっこありませんからね。わたしは木曜日にはいつも、五等官夫人チェフタリョワのところへ行きますし、佐官夫人ペラゲヤ・グリゴーリエヴナ・ポドトチナだの、その娘さんで、とても綺麗な令嬢だのも、やはり非常に懇意な知り合いなんですからねえ。お察し下さい。いったいこのさきどうして……。わたしはもう、あの人たちの前へ顔出しすることもできません！」

係員は何か思案をめぐらすように、きっと唇をひきしめた。

「いや、そういう広告を新聞に掲載する訳にはまいりません。」と、しばらく黙っていた後、やっと彼が言った。

「どうして？　なぜですか？」

「どうしてもこうもありません。新聞の信用にかかわります。人の鼻が逃げ出したなんてことを書こうものなら……。すぐに、あの新聞は荒唐無稽な与太ばかり載《の》せると言われますからね。」

「でも、この事件のどこに荒唐無稽なところがありますか？　ちっともそんな点はないと思いますが。」

「そう思えるのは、あなたにだけですよ。先週もそんなようなことがありましたっけ。さる官吏の方がちょうど今あなたがおいでになっているように、ここへやって来られましてね、原稿を示されるのです。料金を計算すると二ルーブルと七十三カペイカになりましたが、その広告というのが、何でも黒毛の尨犬《むくいぬ》に逃げられたというだけのことなんで。別に何でもないようですが、じつはそれが誹謗でしてね、尨犬というのはその実、何でもよくは憶えていませんが、さる役所の会計係のことだったのです。」

「何もわたしは尨犬の広告をお頼みしているのではありません、わたし自身の鼻のことなんですよ。ですから、つまり自分自身のことも同然です。」

「いや、そういう広告は絶対に掲載できません。」

「だって、わたしの鼻はほんとに無くなっているのですよ！」

「鼻が無くなったのなら、それは医者の縄張ですよ。何でも、お好みしだいにどんな鼻でもくっつけてくれるというじゃありませんか。それはそうと、お見受けしたところ、あなたはひょうきんな方で、人前で冗談をいうのがお好きなんでしょう。」

「冗談どころか、神かけて真剣な話です！　よろしい、もうこうなれば仕方がない、じゃあ、ひとつお目にかけましょう！」

「なに、それには及びませんよ！」と、係員は嗅ぎ煙草を一服やりながら言葉をつづけた。「しかしお差支えがなかったら、」と、好奇心を動かしながらつけ加えた。「ひとつ拝見したいもんですなあ。」

　八等官は顔のハンカチをのけた。

「なるほど、これは奇態ですなあ！」と、係員が言った。「跡が、まるで焼きたてのパン・ケーキみたいにつるつるしてますねえ。よくもまあ、こんなに平べったくなったもので！」

「さあ、これでもまだ文句がありますかね？　御覧のとおりですから、どうしても掲載していただかねばなりません。ほんとに恩にきますよ。それに、こんな御縁でお近づきになれて、大変うれしいんです。」少佐は、この言葉でもわかるとおり、今度は少しおべっかを使う気になったのである。

「掲載するのは、無論、何でもありませんがね、」と係員は言った。「しかし、そんなことをなすっても、何のお利益《ため》にもなるまいと思いましてね。それよりも、いっそ、筆のたつ人に頼んで、この前代未聞の自然現象《できごと》を文章に綴って、それを【北方の蜂】にでもお載せになったら、（と、ここでまた彼は嗅ぎ煙草を一服やって、）それこそ若い者の教訓《ため》にもなり、（そう言って、今度は鼻をこすった。）また大衆にも喜ばれることでしょうから。」

　八等官はがっかりしてしまった。彼が新聞の下の方の欄へ、ふと目をおとすと、そこに芝居の広告が出ていて、美人として評判の、さる女優の名前に出っ喰わしたので、すんでのことに彼の顔はほころびかかり、その手は青紙幣《あおざつ》の持ち合せがあったかどうかと、かくしの中をまさぐっていた。というのは、コワリョーフの考えによれば、およそ佐官級の者は上等席におさまらなければならないからであった。しかし、鼻のことを考えると、何もかもがおじゃんであった。

広告係の方もコワリョーフの苦境にはつくづく心を打たれたものらしかった。相手の悲しみを幾分でも慰めてやろうと思い、せめて言葉にでも同情の意を表わすのが当然だと考えて、「まったく、飛んだ御災難で、ほんとにお気の毒です。嗅ぎ煙草でも一服いかがです？ 頭痛や気鬱を吹き払いますし、おまけに痔疾にも大変よろしいんで。」こういいながら広告係は、コワリョーフの方へ煙草を差し出して、器用にくるりと蓋を下へ廻した。その蓋には、ボンネットをかぶった婦人の肖像がついていた。

この不用意な仕草がコワリョーフをかっといきり立たせてしまった。「人をからかうにも場合があるでしょう。」と、彼は憤然として言った。「御覧のとおり、わたしには、ものを嗅ぐ器官がないのですよ！ ちぇっ、君の煙草なんか、くそ喰《くら》えだ！ もうもう、こんな下等なベレジナ煙草はもとより、ラペーの飛びきりだって、見るのも厭だ！」こう言い棄てるなり、彼はかんかんになって新聞社を飛び出すと、そのまま分署長のところへ出かけて行った。

コワリョーフがそこへやって行ったのは、ちょうど分署長が伸びをして、大きなあくびを一つして、【ええっ、ぐっすり二時間も寝てやるかな！】とつぶやいた時であった。だから、八等官の入来が時機を得ていなかったことは予測に難くない。この分署長は、あらゆる美術や工芸の大の奨励家であったが、何よりも政府《おかみ》の紙幣に愛着を持っていた。【これに限るよ。】そう言うのが彼の口ぐせだった。【これに優るものはまずない。餌もいらねば、場所塞ぎにもならず、いつもかくしにおさまっていて、おっことしたとて――壊れもせずさ。】

分署長ははなはだ冷淡にコワリョーフを迎えると、食事の後で審理をするのは適当でないとか、腹を満たしたら、すこし休息するのが自然の掟《おきて》だ（こう言われて八等官は、この分署長は先哲の残した箴言《しんげん》になかなか詳しいんだなと見てとった。）とか、ちゃんとした人なら鼻を削ぎ取られるなどということはあり得ないと言った。

まさに急所を突かれた形である！　それにここでちょっと指摘しておきたいのは、コワリョーフがひどく怒りっぽい人間であったということである。自分自身のことならば、何を言われてもまだ我慢ができたけれど、地位や身分に関しては、断じて許すことができなかった。芝居の狂言などでも、尉官に関してなら、すべて大目に見て差し支えないが、いやしくも佐官級の人物に楯つくなどという場面は絶対にいけないという考えを持っていた。で、その分署長の応対ぶりにすっかり面喰った彼は、ブルッと首を震わせると同時に、少し両手を拡げながら、自負心をこめるようにして言った。「どうも、そう、あなたの方から侮辱がましいことをおっしゃられては、まったく二の句がつげませんよ……」そして外へ出てしまった。

　彼は極度に疲れて我が家へ立ち帰った。もはや黄昏《たそがれ》であった。こうしてさまざまに無駄骨を折ったあげくに見る我が宿は、世にも惨めな、きたならしいものに思われた。控室へ入って見ると、汚れきった革張りの長椅子に長々と仰向けに寝そべった下僕のイワンが、天井へ向けて唾を吐きかけていたが、それがまたじつに見事に同じ場所へ命中するのであった。その暢気さ加減には、コワリョーフもさすがにかっとなり、帽子でイワンの顔を殴《ぶ》って呶鳴りつけた。「この豚め、いつも馬鹿な真似ばかりしてやがって！」

　イワンはとっさにがばと起きざま、急いで後へまわって外套をぬがせた。

　少佐は自分の部屋へ入ると、ぐったり疲れた惨めな我が身を安楽椅子へ落としたが、やがてのことに二つ三つ溜息を吐いてからこう呟やいた。

【ああ、ああ！　何の因果でこんな災難にあうのだろう？　手がなくても、足がなくても、まだしもその方がましだ。だが、鼻のない人間なんて、えたいの知れぬ代物《しろもの》はない――鳥かと思えば鳥でもなし、人間かと思えば人間でもなし――そんな者は摘みあげて、ひと思いに窓から抛り出してしまうがいいんだ！　これが戦争でとられたとか、決闘で斬られたとか、それとも何か俺自身が原因《もと》でこうなったのなら諦めもつくが、まるで何の理由《ことわり》もなしに消え失せてしまったのだ、ただ無くなってしまやがったのだ、一文にもならずに！……いや、どうもこんなことって、ある訳がない。】少し考えてから、彼はこうつけ足した。【どうも、鼻が無くなるなんて、おかしい、どう考えてもおかしい。これはきっと、夢をみているのか、それとも、ただ幻想を描いているだけに違いない。ひょっとしたら、顔を剃《あた》った後で鬚につけて拭くウォッカを、どうかして水と間違えて飲んだのかもしれないぞ。イワンの阿房《あほう》が取り片づけておかなかったため、ついうっかり飲んだのかも知れないて。】そこで、酔っ払っているかいないかを、実際に確かめようとして、少佐は力まかせに我と我が身をつねったが、あまりの痛さに、思わずあっと悲鳴をあげたほどであった。この痛さによって、彼が現実に生きて行動していることが確実に証明された。彼はこっそり鏡の前へ忍びよって、ひょっとしたら鼻はちゃんとあるべき場所《ところ》についているのかも知れないと思いながら、まず眼を細くして恐る恐るのぞいてみたが、その殺那《せつな》、思わず【なんちう醜面《つら》だ！】そう口走って後へ飛びのいた。

これはまったく合点のゆかないことだった。たとえばボタンだとか、銀の匙だとか、時計だとかが紛失したのならともかく——無くなるものにも事をかいて、どうしてこんなものが無くなったのだろう？ それも、おまけに自分の家《うち》でと来ている！……コワリョーフ少佐はいろいろの事情を総合した結果、この一件の原因《もと》をなしているのは、正しく彼に自分の娘を押しつけようとしている佐官夫人ポドトチナに違いないという仮定が、もっとも真相に近いのではないかと考えた。なるほど彼の方でもその娘に、好んでちやほやしてはいたが、最終的な決定は避けていた。それで佐官夫人から明らさまに、娘を貰ってほしいと切り出された時にも、自分はまだ年も若いから、もう五年も役所勤めをした上でなければ、――そうすれば、ちょうど四十二歳になるしするからなどと言って、世辞でまるめて、やんわり体をかわしてしまったのである。それで佐官夫人が、てっきりその腹いせに彼の面相を台無しにしてくれようものと、わざわざそのために魔法使の女でも雇ったのに違いない。さもなければ、いくらなんでも鼻が削ぎ取られるなんてことは、夢にも考えられないことである。誰ひとり彼の部屋に入って来たものはなし、理髪師《とこや》のイワン・ヤーコウレヴィッチが顔を剃《あた》ってくれたのはまだ水曜日のことで、その水曜日いっぱいはもちろん、つぎの木曜日もずっと一日じゅう、彼の鼻はちゃんと満足についていたのである――それははっきり記憶にあって、彼もよく知っている。それに第一、痛みが感じられねばならないはずだし、もちろん、傷口にしても、こんなに早くなおって、薄焼きのパン・ケーキみたいにつるつるになる訳がない。彼は表沙汰にして佐官夫人を法廷へ突き出してやろうか、それとも自ら彼女のところへ乗り込んで膝詰談判をしてやろうかなどとつおいつ頭の中でいろんな計画を立てていた。と、不意に扉のあらゆる隙間からパッと光りがさして彼の思案を中断してしまった。これによって、イワンがもう控室でろうそくをつけたことが知れた。間もなく、そのイワンがろうそくを前へ差し出して、部屋中をあかあかと照らしながら入って来た。とっさにコワリョーフのした動作は、急いでハンカチを掴みざま、昨日まで鼻のついていたところへ押しあてることであった。とにかく、愚かな下男などというものは、主人のこんな浅ましい顔を見ると、えて呆気にとられ勝だからである。

イワンがきたない自分の部屋へ引きさがるよりも前に、控室で「八等官コワリョーフ氏のお宅はこちらですか?」という、聞きなれない声がした。

「どうぞお入り下さい。少佐のコワリョーフは手前です。」そう言って、急いで跳びあがるなり、コワリョーフは扉をあけた。

入って来たのは、毛色のあまり淡《うす》くもなければ濃くもない頬髯を生やし、かなり頬ぺたの丸々した、風采のいい警察官で、それは、この物語のはじめに、イサーキエフスキイ橋のたもとに立っていた巡査である。

「あなたは御自分の鼻を無くされはしませんか?」

「ええ、無くしました。」

「それが見つかりましたよ。」

「な、何ですって?」と、コワリョーフ少佐は思わず大声で口走った。彼はあまりの嬉しさに、ろくろく口もきけなかった。彼は眼を皿のようにして、自分の前に立っている巡査《おまわり》の顔を見つめた。相手の厚ぼったい唇と頬の上にろうそくの灯がチラチラふるえていた。「ど、どうして見つかりましたか?」

「変な機会からでしてね、あやうく高飛びをされる、きわどいところで取り押えたのです。奴はもう乗合馬車に乗り込んで、リガへ逃げようとしていました。旅行券もとっくに或る官吏の名前になっていましてね。不思議なことに、本官でさえ最初は奴を紳士だと思いこんでいたのです。が、幸い眼鏡を持っておりましたので、すぐさまそれを鼻だと見破ったのです。本官は近眼でしてね、あなたが鼻の先に立たれても、ぼんやりお顔はわかりますが、鼻も髯も、皆目、見分けがつきません。手前の姑《しゅうと》、つまり愚妻の母ですなあ、これもやっぱり何も見えないのです。」

コワリョーフはそれどころか、心もそぞろに「で、かやつはどこにいるのです？　どこに？　わたしはすぐにでも駆けつけますから。」とせきたてた。

「その御心配には及びませんよ。御入用な品だと思いましたので、ちゃんとここへ持参いたしました。ところで奇態なことに、重要な本件の共犯者がウォズネセンスキイ通りのインチキ理髪師でしてね、現に留置所へぶちこんでありますよ。本官は大分まえから、どうも彼奴は飲んだくれで、窃盗もやりかねない奴だとにらんでいましたが、つい一昨日のこと、ある店からボタンを一揃いかっぱらいましてね。時に、あなたの鼻には全然異状がないようです。」そういいながら、巡査はかくしへ手を入れて、そこから紙にくるんだ鼻を取り出した。

「あっ、これです！」と、コワリョーフは頓狂な声をあげて、「確かにこれです！　まあ御一緒にお茶を一つ召上って下さい。」

「いや、おおきに有難いですが、そうはしておられません。これから懲治監の方へ廻る用事があるのです……。時に日用品の騰貴はどうです……。手前のところには姑、つまり愚妻の母ですなあ、それもおりますし、子供がたくさんありましてね、特に長男は大いに見込みのある奴です、なかなか利巧な小伜でして。だが、養育費にはまったく手を焼きます……」

巡査の立ち去った後もなおしばらく、八等官は妙に漠然とした心持で、ぽかんとしていたが、ようやく二、三分たってから、初めて物を見たり感じたりすることができるようになった。あまりに思いがけない悦びが、彼をこのような放心状態に陥れたのであった。彼はやっと見つけることのできた鼻を、用心深く両手に受けて、もう一度それをしげしげと打ち眺めた。

【うん、これだ！　確かにこれだ！】と、コワリョーフ少佐はつぶやいた。【ほら、この左側にあるのは、きのうできたにきびだ。】少佐はあまりの嬉しさに、げらげら笑い出さんばかりであった。

しかし、何事も永続きのしないのが世の習いで、どんな喜びもつぎの瞬間にはもうそれほどではなくなり、更にそのつぎにはいっそう気がぬけて、やがて何時とはなしに平常《ふだん》の心持に還元してしまう。それはちょうど、小石が水に落ちてできた波紋が、ついには元の滑らかな水面に返るのと同じである。コワリョーフは分別顔に戻るとともに、まだ事は落着したのではないと気がついた。なるほど鼻は見つかったけれど、今度はこれをくっつけて、もとの座に据えなければならないのだ。

【もし、くっつかなかったら、どうしよう？】

こう我と我が胸に問いかけた時、少佐の顔はさっと蒼ざめてしまった。

名状し難い恐怖を覚えながら、彼はテーブルの傍へ走りよると、うっかり鼻を斜めにくっつけたりしてはならぬと、鏡を引きよせた。両手がブルブル震えた。彼は用心の上にも用心をしながら、鼻をそっと、もとのところへ当てがった。けれど、南無三《なむさん》！　鼻はくっつかないのだ！……彼はそれを口許へ持って行って、自分の息でちょっと暖めてから、ふたたび、頬と頬との中間の、つるつるしたところへ当てがった、が、鼻はどうしても喰っついていない。【さあ、これさ！　ちゃんと喰っつかないのか、馬鹿野郎！】と、彼は躍起になってぼやいたが、鼻は木石のように無情《つれな》く、まるでコルクみたいな奇妙な音をたててはテーブルの上へおっこちるのだった。少佐の顔はひきつるように歪んだ。【どうしてもくっつかないのかなあ！】と、彼はあわてて口走った。けれど、何度それを本来《もと》の場所へ当てがってみても、依然として、その躍起の努力も水泡に帰した。

彼はあわただしくイワンを呼んで、医者を迎えにやった。その医者は同じ建物の中二階にある、はるかに上等の部屋を領していた。堂々たる風采の男で、見事な漆黒の頬髯と、みずみずしくて健康な妻を持ち、毎朝、新鮮なりんごを食べ、四十五分もかかって含嗽《うがい》をしたり、五通りものブラシで歯をみがいて、口の中をこの上もなく清潔に保っていた。医者はすぐさまやって来た。彼はまず、いったいこの災難はいつ頃起こったのだと訊ねてから、コワリョーフ少佐の顎に手をかけて、顔を持ちあげた。そして親指で、前に鼻のあった場所《ところ》をぽんと叩いたので、少佐は思わず首を後へ引いたが、勢いあまって、壁に後頭部をぶっつけてしまった。医者は、なに、大丈夫と言って、もう少し壁からはなれたらいいと注意してから、まず首を右へ曲げさせて、前に鼻のあった場所《とこ》《ろ》を手でさわって見て、【ふうむ！】と言った。つぎに首を左へ曲げさせると、また【ふうむ！】と言った。そして最後に、また親指でぽんとやったので、コワリョーフ少佐はまるで歯をしらべられる時の馬のように、首をうしろへすっこめた。こんな風に試してみたあげく、医者は首をふりながら、こう言った。

「いや、これあいけない。矢張りこのままにしておくんですなあ。下手にいじくれば、いっそういけなくなりますよ。それあ、無論、くっつけることはできますがね。何なら今すぐにだってつけてさしあげますが、しかし正直のところ、かえってお為めによくありませんよ。」

「飛んでもない！　どうして鼻なしでいられましょう！」と、コワリョーフは言った。「これ以上、悪くなりっこありませんよ。ちぇっ、まったく、こんな馬鹿な恰好ってあるもんじゃない！　こんな変てこな面《つら》をしてどこへ出れましょう？　わたしの知り合いは立派な家庭ばかりです。現に今晩も二個所の夜会に出席しなきゃなりません。何しろ交際が広いものですからね。五等官夫人チェフタリョワだの、佐官夫人ポドトチナだの……もっともこの夫人《ひと》は、こんな酷い仕打をなされたかぎり、今後交渉をもつとすれば警察沙汰以外にはありませんがね。ほんとうに後生ですから、ひとつ、」と、コワリョーフは歎願するような声で言葉をつづけた。「何とかならないものでしょうか？　とにかくどんな風にでもつけてみて下さい。よくても悪くても構いません、どうにか、くっついてさえいればいいんです。危なっかしい折には、そっと片手で押えていてもいいのです。それに、うっかりした動作でいためてはなりませんから、ダンスもしないことにします。御来診のお礼には、もう、資産の許すだけのことは必ずいたしますから……」

「いや、手前はけっして、」と医者は、高くもなければ低くもない、が、懇々とした、非常に粘りづよい声で言った。「けっしてその、利欲のために治療を施しているのではありません。それは手前の抱懐する主義と医術とに反するからです。いかにも往診料はいただきます。しかしそれは拒絶してかえって気を悪くされてはと思えばこそです。無論、この鼻にしても、つけてつけられなくはありませんよ。しかし、それはかえって悪くするばかりだと申しあげているのです。これほど誠意をもって申しあげても、手前の言葉を信じていただかれませんのかね。まあ自然のなりゆきに任せるのが一番ですよ。そして冷たい水で精々洗うようになさいませ。なあに、鼻はなくても、あった時同様、健康で暮らせますよ。それに何ですよ、この鼻は壜へ入れてアルコール漬にしておくか、もっと手をかければ、それに強いウォッカと沸かした酢を大匙に二杯注ぎこんでおくのです――そうすれば、相当うまい金儲けができますよ。あまり高いことさえおっしゃらなければ、手前が頂戴してもいいんですがね。」

「いんにゃ、駄目です！　幾らになっても売るもんですか！」と、コワリョーフ少佐は自棄《やけ》に吸嗚った。「腐っても譲りませんよ！」

「いや、失礼しました！」と、医者は暇《いとま》を告げながら言った。「何とかお役にたちたいと思ったのですが……。是非もありません！　でもまあ、手前の骨折りだけは見ていただきましたから。」こう言うと、医者は堂々とした上品な態度で部屋を出て行った。コワリョーフは相手の顔色にさえ気もつかず、恐ろしく茫然としたまま、わずかに医者の黒い燕尾服の袖口からのぞいていた雪のように白い清潔なワイシャツのカフスを眼に留めただけであった。

そのすぐ翌る日、彼は告訴するに先だって、佐官夫人に手紙を出して、夫人が彼に当然返すべきものを文句なしに返してくれるかどうか一応問い合わせて見ることに肚をきめた。その内容はつぎのようなものであった。

拝啓

貴女のとられたる奇怪な行動は近頃もって了解に苦しむところに御座候。かような振舞によって貴女は何ら得られるところとて之無《これな》く、小生をして余儀なく御令嬢と結婚せしめ得るなどとは以っての外のことと御承知あって然《しか》るべく候。小生の鼻に関する一件も、その首謀者が貴女を措いて他に之無きことと同様、明々白々の事実にて候。鼻が突如としてその位置を離れ、或は一官吏の姿に変装し、或はついに本来の姿に返りて逃走するなど、こは貴女、ないしは貴女と同様まことに上品なる仕事に従事する輩《やから》の操る妖術の結果に他ならず。よって、万一上述の鼻にして今日中に本来の位置に復帰せざるに於ては、小生は已むを得ず法律による防衛に訴える他之無きことを前以って御通告申しあぐるを小生の義務と存ずる次第に御座候。

さりながら、貴女に対し全幅の敬意を捧げつつ、貴女の忠順なる下僕たることを光栄と存じ候。

プラトン・コワリョーフ拝

アレクサンドラ・グリゴーリエヴナ様

拝復

お手紙を拝見いたし、この上なく驚き入りました。打ち割ったところ、思いもよらぬことにて、まして、あなた様より身に覚えもなきかようなお咎めを蒙ろうなどとは、ほんとうに夢にも思いがけないことでございました。第一、あなた様のおっしゃるような官吏などは、変装したのもしないのも、ついぞ家へ寄せつけたこともございませんわ。もっとも、フィリップ・イワーノヴィッチ・ポタンチコフさんなら、おいでになったことがございます。御品行もよく、ごく真面目で、たいへん学問もおありになる方で、宅の娘をお望みのようでしたけれど、あの方が少しでも当てに遊ばすようなことは、わたくしけっして匂わせもしませんでしたわ。お手紙にはまた、鼻のことが書いてございましたが、あれはわたくしがあなた様に鼻をあかせる、つまり、正式にお断わり申しあげるとでもお考えになってのことでございましたなら、当方こそ意外に存じます次第にて、それはむしろあなた様の方からおっしゃったことで、わたくし共は、御存じのとおり、全く反対の考えでございました。それ故、只今あなた様から正式にお申し込み下さいますれば、すぐにも娘は差しあげるつもりでおります。それこそ、常々わたくしの心より切望していることでございますもの。では、そうなれかしと祈りつつ擱筆いたします。かしこ。

アレクサンドラ・ポドトチナ

プラトン・グジミッチ様

【そうか】と、コワリョーフは手紙を読み終ってつぶやいた。【すると夫人には何の罪もなさそうだな。こいつは訝《おか》しいぞ！　それにこの手紙の書きぶりは、罪を犯した人間の書きぶりとはまるで違う。】この八等官は、まだコーカサスにいた頃、何度も犯罪事件の審理に出張したことがあるので、こういうことには明るかった。【では、いったいどうして、何の因果でこんなことが起こったのだろうか？ちぇっ、てんでまたわからなくなってしまったぞ！】しまいにこう言って彼はがっかりしてしまった。

そうこうするうちに、この稀有な事件の取沙汰は都の内外に拡がって行ったが、よくある例《ため》しで、いつかそれにはあられもない尾鰭《おひれ》がつけられていた。当時、人々の頭が何でも異常なものへ異常なものへと向けられており、ごく最近にも磁気学の実験が公衆の注意を惹いたばかりの時であった。その上、コニューシェンナヤ通りの踊り椅子の噂もまだ耳新しい頃であったから、たちまち、八等官コワリョーフ氏の鼻が毎日かっきり三時にネフスキイ通りを散歩するという評判がぱっと立ったのも、別に不思議ではなかった。物見だかい群集が毎日わんさと押しかけた。誰かが、今ユンケル商店に鼻がいるとでも言おうものなら、たちまちその店のまわりには黒山のような人だかりがして、押すな押すなの雑沓で、はては警官の派遣を仰がねばならない始末であった。劇場の入口などで、いろんな乾菓子を売っていた、頬髯をはやした人品卑しからぬ一人の香具師は、わざわざ丈夫で立派な木の腰掛を幾つもこしらえて、一人に八十カペイカで物ずきな連中を腰掛けさせていた。ある老巧の陸軍大佐は、それが見たいばかりに、わざわざ早目に家を出て、群集を押しわけ押しわけ、やっとの思いでそこへ割り込んだものだが、じつに癪にさわることには、店の窓先で見たものといえば、鼻どころか、ありふれた毛糸のジャケツと一枚の石版刷の絵だけで、その絵というのは、靴下を直している娘と、それを木蔭から窺っている、折襟のチョッキを着て、顋鬚をちょっぴりはやした伊達者《だてもの》を描いたもので、もうかれこれ十年以上も同じところにかかっているものであった。そこを離れた大佐はさも忌々《いまいま》しげに、【どうして世間は、こんなくだらない、嘘八百の噂に迷わされるのだろう?】とつぶやいた。それからまた、コワリョーフ少佐の鼻が散歩するのはネフスキイ通りではなく、タウリチェスキイ公園だとか、そこへ姿を現わすのはもうずっと前からのことで、あすこにまだホズレフ・ミルザ卿が住んでいた頃も、この不思議な自然の悪戯に奇異の眼を見張ったものだとかいう噂が飛んだ。外科医学専門学校の学生の中には、それを見に出かけるものもあった。ある名流の貴婦人などは、公園の管理人にわざわざ手紙を出して、ぜひうちの子供にその珍しい現象を見せて貰いたい、もしできることなら少年のために教訓になる説明をつけてやって欲しいなどと頼んだほどであった。

この一件に横手を打って喜んだのは、せっせと夜会に通う社交界の常連で、彼らは婦人《おんな》を笑わせるのが何より好きであるのに、その頃はとんと話の種に窮していたからである。もっとも一部少数の、分別もあり気品も高い人々は、すこぶる不満であった。一人の紳士などは、どうして文明開化の現代において、こんな愚にもつかぬでたらめな話が流布されるのかとんとわからない、それにまた、政府がこれに一顧の注意も払わないのはじつにけしからんと言って憤慨した。どうやら、この紳士は何から何まで、はては日常の夫婦喧嘩の末に至るまで干渉を望む手合の一人であったらしい。それについで……だがここで、またもやこの事件は迷宮に入ってしまい、この先それがどうなったかは、まるでわからないのである。

三

この世の中にはじつに馬鹿馬鹿しいこともあればあるものだ。時にはまるで嘘みたいなこともあって、かつては五等官の制服で馬車を乗り廻し、あれほど市《まち》じゅうを騒がせた当の鼻が、まるで何事もなかったように、突如としてまた元の場所に、つまりコワリョーフ少佐の頬と頬のあいだに姿を現わしたのである。それは四月も七日のことであった。眼をさまして、何気なく鏡をのぞくと鼻があるのだ！　手でさわって見たが——正しく鼻がある！【うわっ！】と声をあげたコワリョーフは、喜びのあまり部屋じゅうを跣足《はだし》のままで飛びまわろうとしたが、ちょうどそこへイワンが入って来たため妨げられてしまった。早速、洗面の用意をさせて、顔を洗いながら、もう一度鏡をのぞくと——鼻がある！　タオルで顔を拭きながら、またもや鏡を見ると——鼻がある！

「おいイワン、ちょっと見てくれ、俺の鼻ににきびができたようだが。」そう言っておきながら、さて肚の中では、【大変《こと》だぞ、もしやイワンが『いいえ、旦那様、にきびどころか、肝腎の鼻がありしませんや！』とでも言ったらどうしよう！】と思った。

しかし、イワンは「何ともありませんよ。にきびなんか一つもありません。きれいなお鼻でございますよ！」と言った。

【ちぇっ、どんなもんだい！】と、少佐は心の中で歓声をあげて、パチンと指を鳴らした。その時、入口からひょっこり姿を現わしたのは理髪師《とこや》のイワン・ヤーコウレヴィッチであったが、その動作《ものごし》はたった今、脂肉を盗んで殴《ぶ》ちのめされた猫みたいに、おどおどしていた。

「第一、手はきれいか？」と、コワリョーフはまだ遠くから呶鳴りつけた。

「へえ、きれいで。」

「嘘をつけ！」

「ほんとに、きれいですよ、旦那様。」

「ようし、見ておれ！」

　コワリョーフは腰をおろした。イワン・ヤーコウレヴィッチは彼に白い布をかけると、刷毛を使って見る見る彼の頤髯と頬の一部をば、まるで商人の家の命名日《なづけび》に出されるクリームのようにしてしまった。【なるほどなあ！】と、イワン・ヤーコウレヴィッチは例の鼻をじろりと眺めながら心の中でつぶやいた。それから今度は反対側へ小首を傾げて、横側から鼻を眺めた。【へへえ！　実際、考えてみるてえとなあ、まったくどうも。】と心でつぶやきつづけながら、彼は長いあいだ鼻を眺めていた。が、やがて、そっとできるだけ用心ぶかく二本の指をあげて、鼻のさきを摘もうとした。こうするのがそもそも、イワン・ヤーコウレヴィッチの方式であった。

「おい、こら、こら、何をするんだ！」と、コワリョーフが呶鳴りつけた。イワン・ヤーコウレヴィッチはびっくりして両手をひくと、ついぞこれまでになく狼狽してしまった。が、やがてのことに、注意ぶかく顎の下へ剃刀を軽くあてはじめると、相手の嗅覚器官に指をかけないで顔を剃《あた》るということは、どうも勝手が違って、やり難かったけれど、それでもまあ、ざらざらした親指を相手の頬と下歯齦《はぐき》にかけただけで、ついに万難を排して、ともかくも剃りあげたものである。

それがすっかり片づくと、コワリョーフはすぐさま大急ぎで衣服を改め、辻馬車を雇って真直に菓子屋へ乗りつけた。店へ入るなり、彼はまだ遠くから、「小僧っ、チョコレート一杯！」と呶鳴ったが、それと同時に素早く鏡の前へ顔を持って行った――鼻はある。彼は朗らかに後ろを振り返ると、少し瞬きをしながら、嘲るような様子で二人の軍人をちらと眺めた。その一人の鼻はどうみてもチョッキのボタンより大きいとは言えなかった。そこを出ると、かねがね副知事の椅子を、それが駄目なら監察官の口をとしきりに奔走していた省の役所へ赴いた。そこの応接室を通りすぎながら、ちらと鏡をのぞいてみた――鼻はある。つぎに彼は、もう一人の八等官、つまり少佐のところへと出かけた。それは大の悪口屋で、いつもいろんな辛辣な皮肉を浴びせるものだから、彼はよく、【ふん、何を言ってやがるんだい、ケチな皮肉屋め！】と応酬したものである。で、彼は途々《みちみち》、【もし、奴さんがこの俺を見て笑いころげなかったら、それこそてっきり、何もかもがあるべきところについている確かな証拠だ】と考えた。ところが、その八等官も別に何とも言わなかった。【しめ、しめ！　どんなもんだい、畜生！】と、コワリョーフは肚の中で考えた。帰る途中で、娘をつれた佐官夫人ポドトチナに出会ったので、挨拶をすると、歓声をあげて迎えてくれた。して見れば、彼の身には何の欠陥もない訳だ。彼は婦人連とかなり長いあいだ立ち話をしていたが、ことさら嗅ぎ煙草入れを取り出して、彼女たちの前でとてもゆっくりと二つの鼻の孔へ煙草を詰めこんで見せながら、肚の中では、【へ、どんなもんだね、牝鶏《めんどり》さん！　だが、どのみち娘さんとは結婚しませんよ。ただ、単にPar amour《パーラムール》（色ごととして）ならお相伴しますがね！】と、空嘯《うそぶ》いていた。さて、それ以来コワリョーフ少佐はまるで何事もなかったように、ネフスキイ通りだの、方々の劇場だの、その他いたるところへ遊びに出かけた。同じように鼻も、やはり何事もなかったように、彼の顔に落着いて、他所へ逃げ出そうなどという気配《けはい》は少しも見せなかった。それから後というものは、コワリョーフ少佐はいつ見ても上機嫌で、にこにこ微笑《わら》っており、美しい女という女を片っ端から追っかけまわしていたものだ。そればかりか、一度などは百軒店《ゴスチンヌイドゥオール》の或る店先に立ちどまって、何か勲章の綬のようなものを買っていたが、いったい、それをどうするつもりなのかさっぱり見当がつかなかった、というのは、まだ御本人が勲章など一つも持っていなかったからである。

さて、我が広大なるロシアの北方の首都《みやこ》に突発した事件というのは、以上のようなものであった！つらつら考えて見るに、どうもこれには真実《まこと》らしからぬ点が多々ある。鼻が勝手に逃げ出して、五等官の姿で各所に現われるというような、まるで超自然的な奇怪事はしばらく措くとして――コワリョーフともあろう人間に、どうして新聞に鼻の広告など出せるものではないくらいのことがわからなかったのだろう？　こう申したからとて、別に、広告料がお安くなさそうだったからというような意味ではない。そんなものは高が知れているし、第一わたしは、それほどがりがり亡者でもない。が、どうもそれは穏かでない、まずい、いけない！　それにまた、焼いたパンの中から鼻が飛び出したなどというのも訝《おか》しいし、当のイワン・ヤーコウレヴィッチはいったいどうしたのだろう？……いや、わたしにはどうもわからない、さっぱり訳がわからない！　が、何より奇怪で、何より不思議なのは、世の作者たちがこんなあられもない題材をよくも取りあげるということである。正直なところ、これはまったく不可解なことで、いわばちょうど……いや、どうしても、さっぱりわからない。第一こんなことを幾ら書いても、国家の利益《ため》には少しもならず、第二に……いや、第二にも矢張り利益《ため》にはならない。まったく何が何だか、さっぱりわたしにはわからない……。

だが、まあ、それはそうとして、それもこれも、いや場合によってはそれ以上のことも、もちろん、許すことができるとして……実際、不合理というものはどこにもあり勝ちなことだから――だがそれにしても、よくよく考えて見ると、この事件全体には、実際、何かしらあるにはある。誰が何と言おうとも、こうした出来事は世の中にあり得るのだ――稀にではあるが、あることはあり得るのである。

一八三三―一八三五年作

訳注

プード――重量単位、一六・三八キロに当る。

カザンスキ大伽藍――アレクサンドル一世が当時の著名な建築家ウォロニヒンをして造営せしめた大伽藍（一八一一年竣工）で、優美な円頂閣やコリント式の豪華な柱廊に結構をきわめている。

スパニエル――愛玩用の小形の尨犬。

北方の蜂――一八〇七年ペテルブルグで発刊された月刊雑誌。同じくペテルブルグで一八二五年から四十年間にわたり続刊された新聞。ここでは後者を指すものと思われる。

青紙幣《あおざつ》――五ルーブル紙幣のこと。紙幣の色により、当時五ルーブル紙幣を青紙幣、十ルーブル紙幣を赤紙幣と称した。

ペレジナ煙草――南ロシア産の下等な安煙草。

ラペー――フランス煙草の名称。

踊り椅子。この踊り椅子についてはプーシキンもその日記（一八三三年十二月十七日付）に記して笑っている。――「市中で妙な出来事が噂されている。主馬寮、某の家で家具が急に動いたり跳ねたりしだした、というのだが、N曰く、これはきっと宮廷用の家具がアニチコフ（宮廷）へ入ることを切望してるんだ、と。」

ホズレフ・ミルザ卿――一八二九年、ニコライ一世と協約のためロシアに来た、有名なペルシアの政治家。

失われた半身

豊島与志雄

独りでコーヒーをすすっていると、戸川がはいって来て、ちょっと照れたような笑顔をし、おれと向き合って席についた。

「やはり……いつもの通りだね。」

「うむ、習慣みたいなものさ。」

「習慣……、」戸川はなにか途惑ったようで、「然し、一週に一回の習慣というのが、あるかなあ。」

「年に一回のだって、あるからね。正月だとか、盂蘭盆だとか……。」

「そりゃあ、初めから年一回ときまってるんだが、君のは……。」

戸川のところにコーヒーが来ると、おれは、マダムに耳打ちしてウイスキーを二杯求めた。一杯を戸川のコーヒーに入れてやった。この蒼白い勉強家に、ちょっぴり敬意を表したかったのだ。

習慣、というのは口から出まかせで、真実のところは、話したって恐らく戸川なんかには理解出来まい。

おれは外地の戦場から戻ってきて、再び大学生となった。郷里の家産が傾いたので、自活した。いろいろなことをやった。学生アルバイトという便利な言葉が流行していて、仕事がしやすかった。然しそれも長続きはせず、おれは三日三晩考えぬいた揚句、だんぜん方向転換して、先輩に泣きつき、出版社に就職した。先輩の口利きで、これもやはり学生アルバイトということになり、給料からの源泉課税差引きを免除された。免除された分だけでも、学校の授業料に廻して余りがあった。まず生活安定というわけだ。その代り会社に対しては責任がある。自慢ではないが、ジャーナリストとしての能力にも自信が持てた。責任と、自信とに裏切ってはいけない。学校の講義に出席するのは、週に一回だけ、午前中ときめた。もっとも、学校の教授中には、社から原稿執筆を依頼してある向きもあるので、聴講と原稿催促とを兼ねた一石二鳥のやり方だ。

出版社に勤めてるということは、おれの方では黙っていたが、仲間たちにうすうす知られてきたし、教授たちにも原稿のことがあって知られたし、いささか特殊な存在らしくおれは見られてるようだった。それに気がつくと、おれは逆に傲慢な態度を取った。戦争のため親しい友人がクラスにいなくなったのも、却って好都合だ、誰とも余り口を利かず、教室では、なるべく中央近く、教授の眼につき易いところに席を占めた。一週に一回、二単位の講義だけを聴きに出て来るのだ。何か不利な事件があって、おれの出席率の甚だ悪いことが教授会の話題に上っても、平素、一二の教授の眼にとまっておれば、必ず弁護して貰えるものだと、おれは或る人から聞いたことがある。その上、おれは常に公明正大なのだ。聴講した二単位の科目しか決して受験しない。然し受験するからには、優秀な答案を出す。特別な研究とか実験とかのない文科系統では、それぐらいなことは、おれの能力を以てすれば容易だ。学務課の人に内々聞いてみたら、おれの受験成績はだいたい九十点前後、つまり優秀だった。ざまあ見ろ。但し、卒業はなるべく長引かせるに限る。いつどんな変動が世の中に起るか分らないし、大学生ということは一種の身分保証となる。

これが、おれの胸中の秘策だった。秘策というほどのものではないが、素知らぬ顔をしてそれを実行するのが、即ち秘策なのだ。理屈では分っても、実行し得る者は、見渡したところ仲間のうちにはまず無い。

とは言え、一週一回にせよ、二単位の講義、ざっと三時間ほど、じっと聴いていることは、可なり苦痛だ。時々ノートをとったり、いたずら書きをしたり、講義とは別なことを考えたり、指の関節を鳴らしたりするのだが、退屈さに変りはない。如何に博識達見の教授でも、いつもいつも面白い話ばかり出来得るものではないし、だいたい大学の講義なるものは、威厳をつくろいながらも洒脱な歩みをすることにきまってるものらしく、その歩調が往々にしてしどろもどろに乱れると、不思議なことには、教授はわざと快心の笑みを浮べるし、学生たちは阿諛的な笑顔を作るのである。その中にあって、おれは方便としても神妙な態度を装わなければならない。ずいぶん疲れるし、食欲が減る。

だから、学校に行く日は、今のところ木曜日だが、帰りに喫茶店へ寄ることにしていた。午食をぬいて、ケーキとコーヒーを取り、気分を引立てるため、コーヒーにウイスキーを注いだ。このウイスキーは、マダムに特別に頼んでおいたもので、おれの顔に対するサーヴィスなのである。

この喫茶店では、クラスの学生たちにしばしば逢った。戸川もその一人だ。然しおれは、マダムにおれが預けてることになってるウイスキーを、彼等に公開はしなかった。おれはそれほど甘っちょろい男ではないし、それほど彼等と親しくもなかった。

ところで、おれには妙な癖がある。旧知の人に逢っても初対面のような気がすることもあれば、初対面の人に逢っても旧知のような気がすることもある。両者の間の程度の差はさまざまだ。この相手とはこういう間柄だとはっきり分っていながら、気持ちの上ではへんな錯覚が起る。終戦後日本に帰還してきた時からの、未だに直らぬ癖らしい。それがひょっと出たのである。

戸川がはいって来て、照れたような笑顔でおれの前に坐った時、おれは、親しい友人だがずいぶん長く逢わなかったなあと、そんな気がしたのである。学校で、おれに言葉をかけて何か話をしたがってる様子だったのを、おれが素気なく振り切った。そのことが原因だったのだろうか。そのくせ、彼はクラスのまあ秀才で、週に一回はたいてい逢ってる、ということははっきり分っていたのである。だから実は、彼に敬意を表する気持ちよりも、久闊を叙する気持ちから、ウイスキーをふるまってやったものらしい。

おれの気附薬を混じたコーヒーを、彼はうまそうもなく、然し恐縮そうにすすった。酒は好きでないらしい。長髪は油っ気が少いが艶がよく、痩せがたの顔は蒼白く、精神も蒼白いようだし、近眼鏡の奥の瞳は美しく澄んでいる。その顔を、おれはじっと眺めた。

「今日、学校で、僕に何か用があったんじゃない。」

彼ははにかんだような微笑を浮かべて、頭を振った。

「いや、用があったんだろう。」

揶揄するように言ったつもりだが、彼は突然、きらりと光る感じの眼をおれに向けた。

「用というほどのことではないが……ちょっと、永田のことを聞きたいと思って……。」

「永田って、あの、永田澄子のことかい。」

「うむ。」

それは、意外だった。永田澄子というのは、同学の二人の女学生のうちの一人で、髪をおかっぱにした小柄な、まあ少女だ。無邪気な明るい性質で、おれは彼女を誘って、なんどか、映画を見たり、コーヒーを飲んだりしたことがある。同窓の婦女子を誘惑してはいかん、と嘗て誰かが皮肉ったことがある。誰だったかおれはもう覚えていないほど、彼女に対するおれの気持ちは淡々たるものだった。ただ、映画を見るにせよコーヒーを飲むにせよ、独りよりは、或は男の友人と一緒よりは、若い女と共にする方が楽しい気分になれる日も、往々あるものだ。その永田澄子が、戸川の話によれば、肺浸潤かなんかで、可なり重態らしいとのこと。そこで、同学の女の学生に敬意を表して、お見舞に花でも贈りたいと思うが、どうだろうと戸川は顔を少し赤らめて言うのだった。

おれはあぶなく笑い出しそうになった。戸川に敬意を表してウイスキーを、そしてこんどは、女学生に敬意を表して花束か。然し、次の瞬間、おれはむかむかっと不愉快になった。

「たかが一人の女学生が、病気になろうと、どうしようと、構わんじゃないか。感傷は捨てるんだ。ほっとくんだね。」

そしておれは、ウイスキーを、グラスにではなくコップに二つ求めた。

戸川はおれの様子を怪訝そうに眺めていた。

「然し、永田といちばん親しかったのは、君じゃないか。なんにも消息はないのかい。」

「僕はなにも知らん。」

おれ自身にも意外なことには、その時、木村栄子の顔が胸に浮んだ。それが、胸の中からおれをじっと見てる。忌々しいが、どうにも仕方がない。打ち明けて言えば、情慾がある時はおれは彼女を好きだし、情慾がない時はおれは彼女を厭う。それが当然だと、おれは考えるのだが、そういうおれの胸の中から、彼女はじっとおれを眺めて、別なものを穿鑿しようとしている。今晩、おれのところへ訪れて来ると言っていたが、果して来るかどうか。

「君の方では、好きではなかったのかい。」

「誰……永田か。ばか言うな。」

戸川は、或は永田澄子に好意を懐いているのかも知れないし、或はおれと彼女とのことを心配してくれているのかも知れない。いずれにしても、それは解る。解るだけに、歯痒いのだ。

「君たちはいったい、人生に甘いよ。」

戸川はびっくりしたらしい眼を、おれの眼に据えた。

「小便くさい女、てことを、君たちは知ってるかい。」おれは毒々しい気持ちになっていった。「女学生なんて、みな、小便くさい女だ。かりに、機微にふれることは除いて、常識的な眼で見ても、耳には耳垢をためてるし、鼻には鼻糞をつまらしてるし、靴の中でむんむんむれてる足を、家に帰っても洗わず、そのまま寝床にはいるし……とにかく、不潔だよ。」

おれの眼には、木村栄子の磨きすました、香水の香りのしみた肌が、ちらついていた。女学生なんかとは比較にならない。

「そんなことを言えば、僕たち、男の学生だって、清潔とはいかないよ。問題は、精神だと思う。男女間の愛情にしたって、肉体を超えたところに在るんじゃないかね。」

「なあに、愛情は単に性慾の変形に過ぎない。近頃流行の言葉をかりれば、肉体が思考する、ただそれだけのことじゃないか。」

「僕はそうは思わないね。肉体は慾求はするが、思考はしない。思考するのは精神だ。その証拠には、肉体的なものには一定の限界があるが、精神的な思惟は無限に進展するよ。」

「それは抽象論だ。僕にとって最も大切なのは、現実だ。先ず現実を直視し、掘り返さなければ、いつまでたっても精神の空転に終る。」

「然し、現実を整理するのは……。」

「もう分ったよ。現実を整理するのは精神、現象を整理するのは意識、そして整理された秩序の中で、思惟は無限に進展する……感性に対する知性の優越……それもよかろう。然し僕は、僕はだね、僕たちの歯も爪も立たず、僕たちを体ごと撥ね返すようなものが、現実の中にあることを、決して見落したくない。」

この種の議論は、実におれには苦手だし、くそ面白くもない。ウイスキーを飲み干すと、丁度、他の客がはいって来たので、立ち上りかけた。

「君は、戦地で特殊な経験も積んで来たろうが……。」

「考えは平凡かね。」

「いや、平凡じゃないが、なにか、忘れものをしてるような……。」

戸川もウイスキーをなめながら、独語のように、低く言ったのだが、おれは妙に冷りとした。彼だって、なにか忘れものをしてるようなところがあるじゃないか。そう思っても、おれの冷りとした感じに変りはない。そうだ、なにか忘れものをしてるようなところ、それをおれ自身、前から感じていたのだ。戦地でのことをひとから聞かれる度に、おれは当り障りのないことだけを答えたが、実は、誰にも話したくないことが幾つかあった。自分自身にも伏せておきたいことだ。そういうことと関係があるのかも知れなかった。戸川の蒼白い精神主義者めが、何を感づいたのか。

彼は少し酔ったらしく、卓上に両手で頭をかかえていた。

おれは立って行って、勘定をすまし、黙ってそこを出た。挨拶するなら、戸川の方からすべきだ。秋の陽差しが強く、眼がくらくらした。

その午後、おれは憂欝だった。何もかもつまらなかった。やたらに腹が立つが、おおっぴらに怒ることが出来ず、くよくよと我慢してる、そんな風の憂欝さだ。これは時々あることで、そう長く続くものではなく、せいぜい半日ぐらいで過ぎ去るのは、分っていた。然しこんどのは、どうも根深いように思われた。まさか、おれは躁欝病ではないし、その欝状態ではない筈だが、なにか病的なものが感ぜられた。アルコールがまだ体内に残っていて、微醺が意識されるのだったが、宿酔発散後に往々経験する、消耗性の虚脱感まで伴っていた。どうしたというのだろう。ばかばかしさに腹が立ち、それがじめじめと内攻して、泣きたいほど気がめいった。

会社のデスクにつっ伏すようにして、校正を見るふりをしながら誰とも口を利かなかった。

夕方、杉山さんが社に立寄った。おれの受持ちの執筆者だ。至ってのんびりした老学者で、気むずかしい小説家などとちがって、ひとの言葉なんか耳にとめないのはよいが、困ったことには、屋台店の焼酎を飲むのが好きだ。そのくせ、独りでは決して行かないから、誰かが案内しなければならない。編輯長は用があって行けなかったし、おれが、若干の金を貰ってお伴することになった。ますます憂欝なのだ。

杉山さんはちびりちびり焼酎をあおった。酔うにつれて、新聞記事を裏返したような調子、つまり真実をも嘘らしく見せかけて喜んでるような調子で、いろんなことを饒舌るのである。おれの方でもさして気は進まぬが焼酎をなめながら、いい加減に返事をし、やたらに先生を連発してやった。ええ先生、ねえ先生、それから先生、然し先生……それが、少しも先生には通じないのである。ほんとに泣きたくなって、もう断然、先生をやめてしまった。それでも先生には通じない。

「天災は忘れた時に来る、というのも本当だが、災難は欲しない時に来る、というのも本当だよ。病気したくない時に病気をする。死にたくない時に死ぬる。貧乏したくない時に貧乏する。戦争したくない時に戦争が起る。怪我したくない時怪我をする。すべてそうしたものだ。」

「そんなこと、誰か欲する時がありますか。」

「あるさ。人間というものは、幸福を欲すると共に、また災難をも欲する。殊に若い時にはそうだ。そうでなければ、ヒロイズムなんか成立しない。焼酎を飲む者もなくなってしまう。」

杉山さんは愉快そうに笑うのである。だが、おれがちょっと変な気がしたのは、ヒロイズムという言葉だ。それは左右両極の政治部面にだけ残存してるものだと思っていたのであるが、焼酎に酔っ払うことのうちにもヒロイズム的実感があった。おれはむかついてきて、コップを一気にあおった。

「先生、もう行きましょう。」

勘定を払って、それから杉山さんを電車に乗せ、おれは他の電車で帰途についた。

途中、電車の乗換場近くで、おれは鮨の折箱を一つ手に下げた。

おれの予感はたいてい当る。果して、木村栄子が来ていた。

「さきほどから、おいでになっていますよ。」

下宿のおばさんにそう言われて、おれはぐっと肚を据えた。

嬉しくて浮きたったからではない。当惑したからでもない。大事なお話があるからあなたのところに行くと、わざわざ前以て断られたその話の内容も、だいたい想像はついている。ただ、いよいよとなって、甚だ不吉な陰が心にさすのである。

栄子は電熱器で湯をわかし、食卓に酒器を並べて、独りで飲んでいた。一升壜がそばにあった。

「お帰んなさい。」

静かな落着いた挨拶で頬笑んでいる。

おれは鮨の折箱を差出した。

「あすこの家のだよ。遅くなってすまなかった。」

「あら、ずいぶん久しぶりだわ。」

彼女は珍らしそうに鮨折を開けた。

因縁の鮨なのだ。電車の乗換場近くのその鮨屋のはうまいと、ひとから聞いて、おれは時々、社の帰りに立ち寄った。そこに、栄子もよく来ていた。アップに取りあげた髪の襟足が美しく、背の繰越しの深いお召の着物を裾短かに着て、顔立ちがすっきりと澄んでいた。その鮨屋には女客も多かったが、ちょっと身元の不明な彼女は目立った。お上さんと映画の話を、亭主と競馬の話を、手短かにしてることもあった。それよりも、おれの眼を惹いたのは、彼女の鮨皿のそばの土瓶だった。土瓶から茶碗についだのを飲む彼女の口付きでは、お茶とは違っていた。或る時、おれは彼女の前で、ウイスキーのポケット瓶を取り出して飲んだ。それが囮だ。彼女は眼で笑い、お上さんに頼んで、おれにも土瓶の酒を出してくれるようになった。学校の近くの喫茶店でのおれよりは、遙かに愛相がいい。もっとも、彼女自身の腹がいたむわけではなかった。

其後、銀座裏のカフェーでおれは彼女に逢った。この家は、昼間はコーヒー専門で、夜になるとバーに早変りする。その昼間だけの女給を彼女は気儘にやってるのである。それと分っていたら、鮨屋で囮の瓶など使う必要はなかったのだ。

「あたし、あすこのお鮨屋にはすっかり御無沙汰しちゃった。」

「どうして?」

それには答えず、おれの方をじっと見た。

「あなたは?」

「僕も行かない。今日久しぶりだ。」

顔見合せて、しぜんに、二人とも頬笑んだ。おれは彼女に甘えたい気持ちになってゆき、それが自分でも楽しかったが、どういうものか、或る冷い障壁が彼女のうちに感ぜられた。それならそれでもよい、とおれは思った。二人の肉体が愛し合ってから、二人ともあの鮨屋にはあまり行かなくなった。そのことに何の意味があるものか。

「もうだいぶ召し上ってるようね。」

「うむ。ウイスキーと、焼酎だ。やはり日本酒がいちばんいい。」

彼女は銚子を取って、器用な手付きで酌をしたが、ふいに、おれの顔をじっと見つめた。

「あなたは、今日はなんだか冷いわね。」

忘れていた。おれは彼女の肩を抱いて、キスしてやった。だが、彼女の方も冷淡のようだ。おれは苛立たしい思いだった。昼間の虚脱感が戻ってくる。そして今、おれには性慾がないのだ。あなたの情熱がうれしい、と囁いて、彼女はしばしば蛇のようにおれの体をしめあげたが、然し、獣ではあるまいし、常住不断に性慾を、いや妥協して、情熱を持ち続けられるものではあるまい。おれが冷淡になると、彼女は時折、愛情が少いと訴えたものだが、愛情なんていったい何物だ。

「ねーえ、」とそこに彼女はいやに力を入れて言う。「今日はいろいろなこと伺いたいの。あなたの昔のことや、今のお気持ち。洗いざらい打ち明けて下さらない。その上で、あたし、決心したいの。」

然し、今更なにを打明けることがあろう。おれだって、彼女のことをよく知ってはいないのだ。

彼女はあの鮨屋から程遠からぬアパートに住んでいる。八畳と六畳と炊事場との贅沢な家だ。窓や戸の構えは洋風だが、中は畳敷きで床の間もある。箪笥を二棹おきならべ、低い用箪笥の上には神棚の金具が光っており、ラジオの横には二挺の三味線、それから長火鉢や卓子、花が活けてあることもある。五日おきぐらいに、おばさんとかいう人が手伝いに来てくれるそうだが、凡そ女一人の住居としては清浄に整いすぎている。そして彼女はカフェーの昼間勤め、晩画はよく観るらしいし、競馬が始まればしばしば出かける。金はあるのだろうが、旦那という男はあるのやらないのやら。たぶん芸者上りかなんかだろうが、生活にしろ経歴にしろ、訳の分らぬ女なのだ。嘗て洋装をしてたことがない。おかしいのは、おれが出版社の編輯員だということを知って、自叙伝風の小説を書いてみたいから出来たら出版してほしいと言い出したことがある。大変なことになったとおれは驚いたが、それはいつしか沙汰やみとなった。

それ以外におれは何にも知らない。然しそれでよいのだ。おれのことについては、この貧しい八畳の室とだいたいの生活とを、彼女は知っているし、それだけでよいではないか。

「僕はこの通りの男だし、あらためて、打明けることなんかないつもりだが、質問には応じよう。なんでも聞いていいよ。」

まずい言い方だった。おれは自分ながら眉をひそめた。ところが彼女も同じようなことを言った。

「あたしも、この通りの女よ。でも、質問には応じますから、なんでも聞いて下すっていいわ。」

ひどく白々しい空気になってしまった。いけない。いま、彼女を押し倒して、押えつけて、ぶん殴るか、暴行するか……抵抗してくれればいいが……いや、たぶん、なま温い泥沼に一緒に転げこむばかりだろう。

「なんにも聞いて下さらないのね。ほんとの愛情がないんだわ。やっぱり、あたし間違ってた。」

突然、彼女は卓上に突っ伏し、肩を震わして泣きだした。泣きながら言うのである。

「あたしね、たとえ一月でも二月でもいいから、あなたと一緒に、二人っきりで暮してみたかった。そしたら、もう死んでもいいと思っていた。でも、もう遅いわ。いいえ、もうだめよ。あたしの思う通りにさしてね。決心したんだもの。なんにも言わないでね。ただ一生、一生、あなたのことは忘れないわ。」

「僕だって……。」

あとの言葉が出なかった。どう言ったところで、嘘になるにきまってる感じだ。なにか、襦袢でもぬがせられたようで、背筋が寒かった。わーっと大声で喚きたい。喚きながら駆け廻りたい。それをばか、ばか、と自分で叱りながら、おれは酒を飲んだ。

「あたしのこと、あなたも、一生忘れないと、ね、誓って。」

「そのことなら、誓うよ。」

「きっとね。」

「うむ、誓う。」

これは、嘘ではない。だが、おれはふいに腹が立った。彼女からの恩義を、今の場合に感じたからだ。

彼女はおれの面倒をいろいろみてくれた。帽子が古ぼけてるといっては、新しいのを買ってくれた。靴や、靴下、麻のハンカチ、ネクタイ……。箪笥の底から浴衣地の反物を引き出して、寝間着に仕立ててくれた。彼女はおれより一つか二つ年上だろうか、まるで姉のようにおれの身なりに気を配ってくれた。おれの方からは、ただ閨の歓楽を報いただけだが、この取引では、むしろ彼女の方が得をした筈だ。おれの身辺の世話をやくことに、彼女は大きな自己満足を感じていたからだ。男めかけ、そんな気持ちは露ほどもなかった。然し、然し、実質的にはおれの方が得をした。この感じ、つまり恩義を受けたということは、拭い消しようがない。彼女が生きてる限り、そしておれが生きてる限り、それは消滅しない。今ここで、彼女を殺せるものなら……。

またまた、わーっと喚きたい、喚きながら駆け廻りたい……。

彼女はまだ泣いていた。見ていると不思議なほど涙が流れ出る。ハンカチはぐしょ濡れだ。

「ごめんなさい。あたしわるかったわ。でも、あなたを誘惑するつもりではなかった。ほんとに好きだったの。この、好きだって気持を知ったこと、感謝してるわ。ね、分って下さるでしょう。」

ちきしょう。おれとしたことが、ふっと涙ぐんできた。もうやぶれかぶれに酒だ。そして喚いてやれ。わーっ、わーっ、と喚いてやれ。そうだ、あの時、あの女も喚いた。銃声の後に、たしかにその声が聞えた。

あの時、どうしてあの女は、にっこり笑っておれを迎えたのかしら。たしかに上流の婦人だった。

おれに御馳走をして酒を飲ましてくれた。おれはその好意に乗じた。その夜、おれは彼女の肉体を犯した。殆んど抵抗らしい抵抗はなく、ただ全然消極的に過ぎなかった。翌朝、おれは部下の兵に拳銃を持たして、女の部室に闖入させた。銃声の後に、いや同時に、わーっと喚き声がした。たしかに声がした。おれは駆け出した。残虐な場合にもいろいろ立ち合ったがあの時だけは、髪が総毛立った。

あの朝、おれはなぜ、あの女の足元にひれ伏して、謝罪しなかったのか。或は、あの女に背中から刺されなかったのか。それだけの勇気がなかったわけではない。ただ、あの女の幸福ということを別な方面から考えただけだ。あの当時、おれは忌わしい病気にかかっていたのだ。おれが考えたあの女の幸福、それはどこへ行ってしまったか。わーっという喚き声で、一瞬にして消し飛んでしまった。

底知れぬ深淵を覗き込む気持ちだ。

深淵は埋めろ、埋めろ。埋めて平らにするがいい。

「何を考えていらっしゃるの。どうなすったの。」

彼女の眼ばかり大きく、すっかり蒼ざめている。

わーっと喚いて、おれは彼女に飛びつき、その首にかじりついた。だが転がって、もう起き上れなかった。

その夜遅く、或は明け方近かったかも知れないが、おれは起き上って、ひそかに雨戸を開き、庭に出で、木戸から外へ忍び出た。栄子は酔いくたびれて眠っており、家の人々も眠っており、どこの家も眠っていた。おれ一人眼をさましたのが不思議だ。冷たい小雨が降っていた。

雨の中を歩きながら、おれは一生懸命に考えていた。何を考えたのか自分でも知らない。突然、頭の中にぼーっと明りがさしたような気持ちでおれは駭然として立ち止った。

栄子殺害の計画を、おれは考えていたのだ。然しどうも、おれ自身が考えていたのではなく、他の、何物かが考えていたらしく思える。何物なのか。焼酎の酔いと同じような、ヒロイズムの残滓か。いや、そんなけちなものではない。とてつもなく大きなものだ。

頭の中の明るみが、ぱっと燃えだして、大きな焔を立て、すぐに燃えつきて、真暗になった。何も見えなかった。おれはまた歩きだした。躓き躓き歩いた。

体も神経も精神も、ひどく疲れきってる感じだ。何か、ちょっとした一角が、崩れかけてるようだ。それは重大なことで、もしその一角が崩れれば、全部が危殆に瀕する。おれの生活全体が、おれの思想全体が、がらがらと崩壊するかも知れない。しっかり持ちこたえなければならなかった。然し、どうしたらいいか。頭を首の上に持ち上げてるのさえ、容易なことではなく、おれはますます首垂れていった。

ぽつりと、遠くに灯が見え、すぐに消えた。それが、おれに恐ろしい衝激を与えた。おれはくるりと引返して、家に戻っていった。力が出て来た。そうだ、おれは栄子殺害の計画を考えていたのだ。児戯に類する。立ち直らなければいけない。然し、なにか忘れものをしてるようだ。あ、戸川が言ったのだった。彼だって忘れものをしてるし、おれだって威張れやしないが、忘れものぐらい……。いや違う。どこか不具だったんだ。半身を取り落していた感じだ。回復しなければ……。

雨は少し大粒になってきた。もっと降れ、ざーっと降れ。だがおれはもう恐れずに自分の室へ戻っていった。

コーヒー五千円

片山廣子

洗足池のそばのHの家に泊りに行つて、Hの弟のSにたびたび会つた。Sは、南の方のある島から僅かに生き残つて帰つて来た少数の一人であつた。すつかり体の調子が悪くなつたので伊東温泉に行つたり東京に出て来たりして養生してゐる時で、彼はその時分しきりにおいしい物がたべたいので、魚や肉を買つてはHの家に持つて来て料理を頼んだ。さういふ時にゆき合せて私も御馳走になることがたびたびだつた。

Sはわかい時から外国を廻り歩いた人なのでたいそうギヤラントで、よく私たちに調子を合せて話をしてくれた。中国に相当に長い月日を過して来たからSはよく中国の話をした。その時分上海が非常なインフレになつたので、紙幣《おさつ》をかばんに一ぱいつめ込んでレストーランに行き料理をたべる話なぞきかせた。「コーヒーが一杯五千円です」と彼が言つた。まだその時分私たちの東京ではコーヒーが一円ぐらゐなものであつたらう。だから五千円と聞いて眼がまはるやうで「コーヒーが五千円で、お料理が十万円ですか？　東京がそんなインフレになつたら、私たちは死ぬばかりですね。でも、死ぬのも大へんにかかりませう？」私が言ふと「百万円以上かかるでせうね。しかし、そんな心配をなさらんでも、衣裳をたくさんお持ちでせうから、必要の時それを一枚一枚売るんですね。大島の着物を一枚十万円ぐらゐに売れば、日本のインフレはどうにかしのげるでせう」Sはさう言つてくれた。

その時からもう六七年の月日が経つてゐる。私の大島はまだ十万円には売れない。コーヒーも五十円あるひは百円位で飲むことが出来る。百万円のお金を使はないでも私が無事に眠ることができればこの上もない幸だと思ふ。それに上海でも、インフレのために市じうの人間が死んだといふ噂もまだ聞かない。

田巻安里のコーヒー

岸田國士

美容室

一

田巻安里《まきあんり》は、甚だコーヒーをたしなんでゐた。彼は、朝昼晩、家にあつても外にあつても、機会を選ばずコーヒーを飲んだ。友人と喫茶店にはいり、「君はなに?」と問はれゝば、「無論コーヒーさ」と空うそぶき、コーヒーさへ飲んでゐれば、飯なんか食はなくてもいいと放言した。

だれも、彼がコーヒーをたしなむことに偽りがあるとは思はなかつた。たゞ、敏感な友人は、彼がコーヒーをたしなむことは、寧ろ「コーヒーをたしなむこと」をたしなむに近いと思つてゐた。

そこで問題になるのは、コーヒーそのものがある人のし好に適ふ理由は明瞭であるが、「コーヒーをたしなむこと」が、何故にし好愛着の目的物となり得るかである。

殊に、田巻安里の場合、不思議に思はれる現象は、コーヒーをたしなむかの如く見えて、その実、コーヒーそのものに対する感覚を多分に失つてゐるらしいことである。たゞそればかりではない。まれには、コーヒーを飲むことが、一種の苦痛になつてゐるとしか思はれないことである

少しうがつた観方をすれば、彼は、コーヒーを味はふ時よりも、「おれはコーヒーが好きだ」と思ひ、かつ、人からさう思はれることの方が楽しいのである。それゆゑに彼は、コーヒーを飲む時そのコー

ヒーの味よりも、それを味はふ自分自身が興味の対象であり、かくまでコーヒーが好きであるといふ自分を、半ば賛美し、半ば憐みつつ、かの黒かつ色の液体を唇に近づけるのである。

彼は、さういふ時、きまつて、ある幻影を頭に描く。「コーヒーばかり飲んでゐた天才」オノレ・ド・バルザックの幻影である。

彼は、自分のあらゆる姿態《ポーズ》あうちで、机に片ひぢをのせ、眼を青空の一角に注ぎ、その眼の高さに薄手のコーヒー茶わんを差あげてゐる瞬間がもつとも美しく、もつとも似合はしいと思つてゐた。

一方、彼のコーヒー惑溺は、いさゝか「通」の領域に踏み込んでゐた。彼は東京では、どこ〳〵のコーヒーが一寸飲めるといひ、自ら書斎の一隅にコーヒーひきとフイルトレの道具を用意し、「これはこの間フランスから取寄せたコルスレだ」などと、不眠症の客をへき易させる奇癖をもつてゐた。ある友人が、試みに、「君は、小石川のどこそこに、近頃出来たカフエー・ド・レトワルつていふのを知つてるか。コーヒーはとても自慢ださうだ」といへば、彼はすかさず、「うん、あれや、大したもんぢやない。第一あんな熱いのを、そのままだすつていふ法はない」とこきおろした。ところがそんなカフエーは、その友人も聞いたことがなかつたのである。

しかしながら、彼田巻安里は、決してコーヒーばかりを好んではゐなかつた。彼はまた、文学を愛してゐた。彼は、泰西の近代文学史に通じ、現代日本の文壇を軽べつし、しかも軽べつしつゝ、その文壇の情勢に明るく、月々の雑誌に発表される数多くの作品を読み、二三、大家の門をたゝき、若干の新進作家と交遊関係を結び、もちろん、自らも小説と戯曲を書き、同志を語らつてパンフレツトを刊行し、原稿用紙に姓名を刷り込ませ、文学故に親戚と義絶するに至つたと心得、「牛肉が硬い」といふ時、「人生は憂うつなり」の表情を浮べるのである。

二

たゞ、彼は、文学者であることを鼻にかけるほど文学のわからない男ではない。まして、名利を目的に文筆の道を志すほど徹底的現実主義者でもない。彼は、心底から文学を愛し、「文学のために死ねば本望だ」と考へ、文学とコーヒー以外に快楽の街を求めようとしない男である。それ故、彼の生活は豊かでなく、それをまた苦にもせず、ひけらかしもしない。その点、友人たちは挙つて感歎の声を漏らしてゐる。

この田巻安里は、好んでいはゆる「私小説」を書くのであるが、それも、かの既に今日では流行おくれと称せられる「心境小説」の型に属するものではなく、熱烈な意気と、奔放な筆致とをもつて、一つの理想主義的内容を盛ることに努力してゐる。

そこで、友人の一人は、独特の懐疑的微笑を浮べて彼に問ふのである。

――おい、田巻、君は、君の主義のために文学を棄てなければならない時、一体、どうするんだ？

——主義のために文学を棄てる？　そんなことは考へられない。おれの主義と、おれの文学とは、所せん同じものだ。おれの文学は、この主義によらなければ完全な成長は遂げ得られないし、この主義を押し通す上から、おれは文学以外に道はないのだ。

——それはわかつてゐる。しかし、君のじゆん奉してゐる主義は、君一人の都合を考へてはくれないぞ。

——おれは自分一人のために文学をやつてゐるんではない。

——それもよからう。しかし、君の文学が、それほど、君の主義のために必要だと思ふか？

——さういふ疑ひを起すことが既におれたちの主義に反してゐるんだ。

——さうか。

田巻安里は、この時この友人から奇怪な皮肉を浴せかけられた。

——「田巻のコーヒー的文学」といふ言葉が友人間を風びした。

この友人に従へば、田巻安里は文学そのものを愛する以上に、「文学を愛すること」を愛し、引いて文学を愛する自分自身を慈しむのあまり、文学の本体を見失はうとしてゐるといふのである。

この皮肉は、たしかに、田巻安里をらうばいさせた。彼は、一晩寝ずに頭をひねつた後、その友人に手紙を書いた。

――文学を愛さないものにとつて、文学といふものは存在しない。従つて、文学を愛することが、つまり文士なのだ。君の批評は、あれは、愚劣なき弁だ！……

彼は、コーヒーの問題に触れることを避けた。コーヒーなんか、文学の前では、取るに足らぬ「小事」である……

田巻安里は、次第にコーヒーを飲まなくなつた。彼は、しみじみコーヒーが飲みたいと思ふ時でも人前ではコーヒーを飲まないやうにした。

――この頃、コーヒー飲まないのか？

――うん、あんまり飲みたくなくなつた。

――その調子で、文学も嫌ひになるといゝんだ。

――待つてくれ。おれが文学の好きなことだけは信じてもらひたい。いや、君たちに信じてもらはなくつてもいゝ。おれはおれだけで好きならいゝんだ。おれには、君たちの真似はできない。おれの眼から見ると、君たちは、文学を愛してゐるとはいへない。文学をもてあそんでゐるのだ。

彼は涙を流すまいと、鼻のあなをいつぱいにひろげた。

三

友人たちは、ひそかに語り合つた。

——田巻は、やつぱり、文学が好きなんだよ。「文学を愛すること」を愛するなんて批評は少し酷だ。

——なるほど、「文学を愛する事」を愛する奴のなかには、おれの判断によると、田巻がコーヒーを好むといふやうに、一種の現代的迷信乃至は流行心理に囚はれ、単純な見栄と自己陶酔を含む、もつともユウモラスな稚気の持主もあるにはあるが、彼の場合は、必ずしも、さうとばかりはいへないよ。

——なに、それだけさ。その証拠に、あいつの書くものは、こと〳〵く、自分が如何に主義のために献身的であり、文学のために忠実であるかを吹聴したものばかりぢやないか。あんな作品は、自家広告以外、何の役に立つと思ふ？

——自家広告とはいへないさ。さういふ邪念はないよ。

——そんなら、自己紹介でもいい。「おれはかういふものだ」といふことを書くだけなら、昔から、自然主義の亜流がやつて来たことだ。もつと謙そんな態度でやつて来たことだ。

——謙そんでもなからう。

——兎に角あの男を、さういふ風に見るのは勝手だが、あゝいふ傾向の文学を文学と呼ぶ以上、あれはやつぱり、一種の理想主義的文学と見るべきだらう。

――いや、おれがいひたいのは、そんなイズムについてぢやないんだ。あの男についてなんだ。人間としての田巻安里は、今日の文学者の一つの型を代表してゐる、この型は、必ずしも理想主義者の中にばかりあるのではない。おい野添、お前も、幾分、この部類だぞ！

――馬鹿いへ！

さて、野添と呼ばれた男は、真青な顔をして起ち上つた。彼は、さつきからウイスキイのコップを次ぎ次ぎに注文し、女給が、驚いたやうな眼をして、「まだ召上るの？」と訊ねても、黙つて、空になつたコップの底を皿にコツ〳〵と当てゝゐた。彼は飲みはじめると、バアを五六軒歩かないと気がすまぬ男だとされてゐる。もつと正確にいへば、さうしないと、自分で気がすまぬと信じてゐる。

――そんなら、お前だつて「女を愛すること」を愛する部類の人間だ。大きなことをいふな！

主知的感傷派と自称する彼は、そこで、人間が今日、総てのものを、直接に愛するだけで満足しなくなつた傾向について論じはじめた。愛書癖を、その好適例として持ちだした。われわれが、何々を愛するといふ態度のなかに、田巻安里のコーヒーにおけるが如きものを見ない場合があるかと喝破した。旧くは骨とうにしろ、盆栽にしろ、釣りにしろ、新しきは、登山にしろ、銀ブラにしろ、西洋煙草にしろ、趣味を離れては技術にしろ、金まうけにしろ、異性との交渉にしろ、肉親の関係にしろ、なにひとつ「愛癖」を伴はないものがあるか。「愛癖」のあるところ、必ずエクスタシイがある。文学も、それでいゝのだ……。

——田巻安里万歳！　と、彼は怒鳴つた。

当人の田巻安里は、その時、もう、彼の書斎にうづくまつて、しきりに万年筆を走らせてゐた。彼は、友人一同に悲痛な絶交状を認めてゐたのである。

白い門のある家

小川未明

静かな、春の晩のことでありました。

一人の男が、仕事をしていて、疲れたものですから、どこか、喫茶店へでもいって、コーヒーを飲んできたいという心が起こりました。

男は、家《うち》の外へ出ました。往来は、あたたかな、おぼろ月夜で、なにもかもが夢を見ているようなようすで、あちらの高い塔も丘も空も森も、みんなかすんで、黒くぼんやりと浮き出して、じっとしていたのです。

彼は、町へ出てから、はじめて、夜が、もう更けているのに気づきました。いままでへやの中で仕事に心をとられていたので、時刻のたったのがわからなかったのでした。町には、あまり人も歩いていません。また、この時分まで、店を開けている家も見当たらなかったのでした。

「もう、あの家も、起きていまい？」

彼は、顔なじみのカフェーが、もう戸を閉めてしまわないかと思いました。その方へぶらぶらと歩いていきました。彼は、歩きながら空を仰いで、なんという、いい夜の景だと感歎いたしました。

その町にある、彼のいこうとした、喫茶店は、もう戸を閉めてしまったのです。彼は、その家の前まできてがっかりしました。

しかたなしに、彼は、いま歩いてきた道をふたたび帰ろうとしました。そのとき、ふいに、彼のうしろで足音が聞こえました。だれだか、歩いてくるのでした。

「こんばんは、お疲れさま。」と、うしろから呼びかけました。彼は、このとき、立ちどまって、だれだかと振り向きました。うしろから歩いてきた人を、彼は、知らなかったのであります。

「こんばんは。」と、彼も答えました。

するとと、相手の男は、さも親しそうに、彼のそばへ寄り添ってきて、

「私は、この町内に住んでいるものです。疲れたもので、コーヒーを飲もうとしてきたのですが、もう戸が閉まっています。やはり、あなたも、そのおつもりでいらしたように見えましたが、いい喫茶店をご案内いたしましょう。」といいました。

彼は、知らぬ人から、こういわれたので、ためらいました。しかし、町内のものであるということ、また、この人は、人のよさそうであること、もう一つは、自分と同じように、この人も仕事に疲れて、休息を求めにきたということ、そんなことが、なんとなく、親しみを感じさせたので、

「じつは、私も、散歩がてら、コーヒーを飲みにいったのですが、もう戸が閉まっていましたのです。」と、彼はいいました。

「この辺の町は、あまり客がないとみえて、早く寝てしまいますね。春の晩などは、もっと起きていてくれるといいのですが。」と、相手の男は答えました。

「もう、そんなに、おそい時刻でしょうか。」

「まだ、十二時前です。」

彼は、相手の男が、十二時といったので、もう、寝てしまうのは、あたりまえだというような気

もされました。そして、家へ帰って、自分も眠ろうと考えました。

「なに、ご案内しようという店は、すぐこの裏通りですよ。ごく新しく開いたので、ちょっと居心地のいい家ですから、お知りなさっておいてください。」と、相手の男はいいました。

彼は、こうまでいわれると、その男といっしょにいかなければ、なんとなくすまないように思って、

「では、お伴いたしましょう。」といいました。

二人は、並んで、話しながら、ある横丁をまがりました。彼は、いままでにも、たびたびこのあたりを通ったことがありますが、今夜は、どうしたものか、その町が、ばかに美しくなって目に映ったのです。彼は、月の光が、こんなに、すべてのものを美しく照らしてみせるのだろうと思いました。やがて、二人は、明るい、店の前まできました。

「この家ですよ。」と、いっしょにきた男がいいました。

入り口には、すがすがしい緑色のカーテンが垂れています。内へはいると、なんの花か知らないが、香《にお》いの高い花が、たくさんびんに活《い》けてありました。そして、あちらのテーブルに、三、四人の客が、腰をかけて話をしていました。また、どのへやからか、低いマンドリンの音が流れてきたのでした。

彼と相手の男は、一つのテーブルに向かい合って掛けました。このとき、彼は、はじめて、相手の男の顔を、はっきりと燈《あかり》の下で見ることができました。そして、あまり、その男の顔が、小さい時分に別れた自分の従兄《いとこ》に似ているのでびっくりしました。従兄は、南洋の島で亡くなったので、

もちろん従兄の生きているはずはないのであるが、なんとなく彼は、慕《した》わしい気がしました。

「あすこにいるのは、みんなよくここへやってくる人たちなんですよ。」と、相手の男は、いいました。

彼は、その人たちを見ると、どの顔も、かつて一度は、どこかで見たことがあるように思われたのでびっくりしました。しかし、どこであったということも、またいつであったということも、思い出せなかったのであります。

「不思議な晩もあるものだ。こう、あう人々の顔が、みんな見覚えのあるような気がするのは、いったいどうしたことだろう……。」と、彼は、自分の目を疑ったのであります。

そのうちに、相手の男は、あちらにいる人たちと顔を見合わして、あいさつをしました。そして、「ちょっと。」といって、座を起《た》って、あちらへいきました。

彼は、さっきから、奥の方できこえるマンドリンの音に、耳を傾けていました。なんというい い音色だろうと思ったのです。これを聞いていると、遠い昔のことなど思われて悲しくなりました。そして、だれが、いったいそれを弾いているのかと思ったりしていました。そのうちに、ぴったりとマンドリンの音がやみました。

そのとき、目の前へ、美しい、若い婦人があらわれて、その人は、彼の方へ、にこやかに笑いながらまいりました。

「あなたは、もう、私をお忘れになったでしょう?」と、婦人はいって、彼の前にきて腰をかけました。

「あなたは、いつも、私が、マンドリンを弾いている窓の下を通って、学校へいらっしゃいました。そして、ある日、雨が降って、あなたは、たいそう困っておいでになりました。私は、あなたに、かさをお貸ししました。あなたは、そののち、私に、きれいな本を持ってきてくださいました。その本には、たくさんの美しい絵がはいっていました。昔の伝説や、詩や、童謡や、お話や、いろいろなものが書かれていたのだけれど、外国の言葉で、私にはわかりませんので、ただ、私は、そのきれいな絵ばかり見ていました。あなたに、うかがったら、この本は古い書物で、字引きにもないような文字があるので、翻訳することは困難だとおっしゃいました。私は、まだ、その一つの水車《みずぐるま》が森の中にまわって、白い花が咲いて、赤い鳥の飛んでいた絵などは、目に残っています……。」と、彼女はいいました。

彼は、この話をきくうちに、十年ばかり前のある日のことを思い出しました。そして、どうして、忘れているそのころの人をふたたび、今夜は見ることができたろうと不思議に思ったのでした。

「私は、すっかり忘れていました。ほんとうに、そんなことがあります。いま、あの時分のことを、思い出しました。」と、彼はいって、過ぎ去った日をなつかしく思ったのであります。

「私は、ときどき、ここへまいります。今夜は、もうおそくなりましたから、帰ります。ちょうど車もきたようですから、これで失礼いたします。いつかお目にかかります。」と、その婦人は、いって出ていきました。

時計が、十二時半を打つと、みんなが帰りかけました。彼は相手の男といっしょに、そのカフェーから出たのであります。

「ちょっと、気持ちのいいカフェーではありませんか。お気にいりませんでしたか？」と、相手の男は、たずねました。

「しんみりとした、いいところです。私は、今夜は珍しく、見覚えのある人にあって、いろいろなことが思い出されてなりません。」と、彼は答えました。

二人は、おぼろ月夜の世界を話しながら歩いて、四つ辻のところへきました。すると、相手の男は、「私の家は、これから三軒めの奥にはいったところです。どうか、お遊びにいらしてください。」といいました。

彼は、ちょうど、その前を通りますので、男のはいっていくうしろ姿を見送りますと、白い門が立っていました。男は、だんだんと、白い門から、内の方へはいっていきました。

彼は、家に帰って、眠りにつきました。

それから、数日もたった、後のことです。ある晩、彼は、男につれられていったカフェーを思い出しました。緑色のカーテンの垂れているカフェーに、もう一度いってみたくなりました。そこで、彼は、ひとりで出かけたのでした。たしかに、あのとき通った道を歩いていったのですけれど、どうしたことか、そのカフェーが見当たりませんでした。彼は、幾たび同じ町をうろついて、緑色のカーテンのかかっている喫茶店を探したかしれません。

「あの男の家は?」と、彼は、こんどは、白い門のあった家をたずねていきました。しかし、この家も見当たらなかったのです。四つ辻に立って、彼は、三軒めの家をかぞえてみましたけれど、どこにも白い門のある家がなかったのでした。

彼は、近所の人に、たずねてみました。

「ここらには、白い門のある家はありません。」と、人々は、答えました。

彼が、このことを家の人や、友だちなどに話をすると、だれも笑って、ほんとうに聞くものはなく、

「夢を見たのだろう。」というのでした。

雪の夜　織田作之助

大晦日に雪が降った。朝から降り出して、大阪から船の著く頃にはしとしと牡丹雪だった。夜になってもやまなかった。

毎年多くて二度、それも寒にはいってから降るのが普通なのだ。いったいが温い土地である。こんなことは珍しいと、温泉宿の女中は客に語った。往来のはげしい流川通でさえ一寸も積りました。大晦日にこれでは露天の商人《あきんど》がかわいそうだと、女中は赤い手をこすった。入湯客はいずれも温泉場の正月をすごしに来て良い身分である。せめて降りやんでくれたらと、客を湯殿に案内したついでに帳場の窓から流川通を覗いてみて、若い女中は来年の暦を買いそこねてしまった。

毎年大晦日の晩、給金をもらってから運勢づきの暦を買いに出る。が、今夜は例年《いつも》の暦屋も出ていない。雪は重く、降りやまなかった。窓を閉めて、おお、寒む。なんとなく諦めた顔になった。注連縄《しめなわ》屋も蜜柑屋も出ていなかった。似顔絵描き、粘土彫刻屋は今夜はどうしているだろうか。

しかし、さすがに流川通である。雪の下は都会めかしたアスファルトで、その上を昼間は走る亀ノ井バスの女車掌が言うとおり「別府の道頓堀でございます」から、土産物屋、洋品屋、飲食店など殆んど軒並みに皎々と明るかった。

その明りがあるから、蝋燭も電池も要らぬ。カフェ・ピリケンの前にひとり、易者が出ていた。今夜も出ていた。見台《けんだい》の横に番傘をしばりつけ、それで雪を避けている筈だが、黒いマントはしかし真っ白で、眉毛まで情なく濡れ下っていた。雪達磨のようにじっと動かず、眼ばかりきょろつかせて、あぶれた顔だった。人通りも少く、こんな時にいつまでも店を張っているのは、余程の辛抱がいる。が、今日はただの日ではないと、しょんぼり雪に吹きつけられていた。大晦日なのだ。

　だが、ピリケンの三階にある舞踏場でも休みなしに蓄音機を鳴らしていた。が、通にひとけが少いせいか、かえってひっそりと聴えた。ここにも客はなかったのである。一時間ほど前、土地の旅館の息子がぞろりとお召の着流しで来て、白い絹の襟巻をしたまま踊って行ったきり、誰も来なかった。覗きもしなかった。女中部屋でもよいからと、頭を下げた客もあるほどおびただしく正月の入湯客が流れ込んで来たと耳にはいっているのに、こんな筈はないと、囁きあうのも浅ましい顔で、三人の踊子はがたがたふるえていた。

　ひと頃上海くずれもいて十五人の踊子が、だんだん減り、いまの三人は土地の者ばかりである。ことしの始め、マネージャが無理に説き伏せて踊子に仕込んだのだが、折角体が柔くなったところで、三人は転業を考えだしている。阪神の踊子が工場へはいったと、新聞に写真入りである。私たちは何にしようかと、今夜の相談は切実だが、しかしかえって力がない。いっそ易者に見てもらおうか。

　易者はふっと首を動かせた。視線の中へ、自動車がのろのろと徐行して来た。旅館では河豚を出さぬ習慣だから、客はわざわざ料亭まで足を運ぶ、その三町もない道を贅沢な自動車《くるま》だった。ピリケンの横丁へ折れて行った。

　間もなく、その料亭へよばれた女をのせて、人力車が三台横丁へはいった。女たちは塗りの台に花模様の向革《むこ》をつけた高下駄をはいて、島田の髪が凍てそうに見えた。蛇の目の傘が膝の横に立っていた。

二時間経って、客とその傘で出て来た。同勢五人、うち四人は女だが、一人は裾が短く、たぶん大阪からの遠出で、客が連れて来たのであろう。客は河豚で温まり、てかてかした頬をして、丹前の上になにも羽織っていなかった。鼻が大きい。

その顔を見るなり、易者はあくびが止った。みるみる皮膚が痛み、真蒼な痙攣が来た。客の方も気づいて、びっくりした顔だった。睨みつけたまま通りすぎようとしたらしいが、思い直したのか、寄って来て、

「久し振りやないか」

硬ばった声だった。

「まあ、知ったはりまんのん?」

同じ傘の中の女は土地の者だが、臨機応変の大阪弁も使う。すると、客は、

「そや、昔の友達や」

――と知られて女の手前はばかるようなそんな安サラリーマンではない。この声にはまるみがあった。そんな今の身分かと、咄嗟に見てとって、易者は一層自分を恥じ、鉛のようにさびしく黙っていた。

「おい、坂田君、僕や、松本やがな」

忘れていたんかと、肩を敲かれそうになったのを、易者はびくっと身を退けて、やっと、

「五年振りやな」

小さく言った。

忘れている筈はない。忘れたかったぐらいであると、松本の顔を見上げた。習慣でしぜん客の人相を見る姿勢に似たが、これが自分を苦しめて来た男の顔かと、心は安らかである筈もなかった。眼の玉が濡れたように薄茶色を帯びて、眉毛の生尻が青々と毛深く、いかにも西洋人めいた生々しい逞しさは、五年前と変っていない。眼尻の皺もなにかいやらしかった。ああ瞳は無事だった筈がないと、その頃思わせたのも皆この顔の印象から来ていた。

五年前だった。今は本名の照枝だが、当時は勤先の名で、瞳といっていた。道頓堀の赤玉にいた。随分通ったものである、というのも阿呆くさいほど今更めく。といっても、もともと遊び好きだった訳でもなかったのだ。

親の代からの印刷業で、日がな一日油とインキに染って、こつこつ活字を拾うことだけを仕事にして、ミルクホール一軒覗きもしなかった。二十九の年に似合わぬ、坂田はんは堅造だ、変骨だといわれていた。両親がなく、だから早く嫁をと世話しかける人があっても、ぷんと怒った顔をして、皮膚の色が薄汚く蒼かった。それが、赤玉から頼まれてクリスマスの会員券を印刷したのが、そこ

へ足を踏入れる動機となってしまったのである。

銀色の紐を通した一組七枚重ねの、葉形カードに仕上げて、キャバレエの事務所へ届けに行くと、一組分買え、いやなら勘定から差引くからと、無理矢理に買わされてしまった。帰って雇人に呉れてやり、お前行けと言うと、われわれの行くところでないと辞退したので、折角七円も出したものを近所の子供の玩具にするのはもったいない、赤玉のクリスマスいうてもまさか逆立ちで歩けと言わんやろ、なに構うもんかと、当日髭をあたり大島の仕立下ろしを着るなど、少しはめかしこんで、自身出向いた。下味原町から電車に乗り、千日前で降りると、赤玉のムーラン・ルージュが見えた。あたりの空を赤くして、ぐるぐるまわっているのを、地獄の鬼の舌みたいやと、怖れて見上げ、二つある入口のどちらからはいったものかと、暫くうろうろしていると、突如としてなかから楽隊が鳴ったので、びっくりした拍子に、そわそわと飛び込み、色のついた酒をのまされて、酔った。

会員券《カード》だからおあいそ（勘定書）も出されぬのを良いことに、チップも置かずに帰った。暫くは腑抜けたようになって、その時の面白さを想いだしていた。もともと会員券を買わされた時に捨てたつもりの金だったからただで遊んだような気持からでもあったが、実はその時の持ちの瞳のもてなしが忘れられなかったのだ。会員券にマネージャの認印があったから、女たちが押売したのとちがって、大事にすべき客なのだろうと、瞳はかなりつとめたのである。あとで、チップもない客だと、塩をまく真似されたとは知らず、己惚れも手伝って、坂田はたまりかねて大晦日の晩、集金を済ませた足でいそいそと出掛けた。

　それから病みつきで、なんということか、明けて元旦から松の内の間一日も缺かさず、悲しいくらい入りびたりだった。身を切られる想いに後悔もされたが、しかし、もうチップを置かぬような野暮な客ではなかった。商業学校へ四年までいったと、うなずける固ぐるしい物の言い方だったが、しかし、だんだんに阿呆のようにさばけて、たちまち瞳をナンバーワンにしてやった。そして二月経ったが、手一つ握るのも躊躇される気の弱さだった。手相見てやろかと、それがやっとのことだった。手相にはかねがね趣味をもっていて、たまに当るようなこともあった。

　瞳の手は案外に荒れてザラザラしていたが、坂田は肩の柔かさを想像していた。眉毛が濃く、奥眼だったが、白眼までも黒く見えた。耳の肉がうすく、根まで透いていた。背が高く、きりっと草履をはいて、足袋の恰好がよかった。傍へ来られると、坂田はどきんどきんと胸が高まって、郵便局の貯金をすっかりおろしていることなど、忘れたかった。印刷を請負うのにも、近頃は前金をとり、不意の活字は同業者のところへ借りに走っていた。仕事も粗雑で、当然註文が少かった。

　それでも、せがまれるままに随分ものも買ってやった。なお二百円の金を無理算段して、神経痛だという瞳を温泉へ連れて行った。十日経って大阪へ帰った。瞳を勝山通のアパートまで送って行き、アパートの入口でお帰りと言われて、すごすご帰る道すうどんをたべ、殆んど一文無しになって、下味原の家まで歩いて帰った。二人の雇人は薄暗い電燈の下で、浮かぬ顔をして公設市場の広告チラシの活字を拾っていた。赤玉から遠のこうと、なんとなく決心した。

しかし、三日経ってまた赤玉へ行くと、瞳は居らず、訊けば、今日松竹座アへ行くいうたはりましたと、みなまできかず、道頓堀を急ぎ足に抜けて、松竹座へはいり、探した。二階にいた。松本と並んで坐っていた。松本の顔はしばしば赤玉に現われていたから、見知っていた。瞳に通っていた客だから、名前まで知っていた。眉毛から眼のあたりへかけて妙に逞しい松本の顔は、かねがね重く胸に迫っていたが、いま瞳と並んで坐っているところを見ると、二人はあやしいと、疑う余地もなく頭に来た。二階へ駆けあがって二人を撲ってやろうと、咄嗟に思ったが、実行出来なかった。そして、こそこそとそこを出てしまった。

翌日、瞳に詰め寄ると、古くからの客ゆえ誘われれば断り切れぬ義理がある。たまに活動写真ぐらいは交際さしたりイなと、突っ放すような返事だった。取りつく島もない気持――が一層瞳へひきつけられる結果になり、ひいては印刷機械を売り飛ばした。あちこちでの不義理もだんだんに多く、赤玉での勘定に足を出すことも、たび重なった。唇の両端のつりあがった瞳の顔から推して、こんなに落ちぶれてしまっては、もはや嫌われるのは当り前だとしょんぼり諦めかけたところ、女心はわからぬものだ。坂田はんをこんな落目にさせたのは、もとはといえば皆わてからやと、かえって同情してくれて、そしていろいろあった挙句、わてかてもとをただせばうどん屋の娘やねん。女の方から言い出して、一緒に大阪の土地をはなれることになった。

運良く未だ手をつけていなかった無尽や保険の金が千円ばかりあった。掛けては置くものだと、それをもって世間狭い大阪をあとに、ともあれ東京へ行く、その途中、熱海で瞳は妊娠していると打ち明けた。あんたの子だと言われるまでもなく、文句なしにそのつもりで、きくなり喜んだが、何度もそれを繰りかえして言われると、ふと松本の子ではないかと疑った。そして、子供は流産したが、この疑いだけは長年育って来て、貧乏ぐらしよりも辛かった……。

そんなことがあってみれば、松本の顔が忘れられる筈もない。げんに眼の前にして、虚心で居れるわけもない。坂田は怖いものを見るように、気弱く眼をそらした。

それが昔赤玉で見た坂田の表情にそっくりだと、松本もいきなり当時を生々しく想い出して、

「そうか。もう五年になるかな。早いもんやな」

そして早口に、

「あれはどうしたんや、あれは」

瞳のことだ――と察して、坂田はそのためのこの落ちぶれ方やと、殆んど口に出かかったが、

「へえ。仲良くやってまっせ。照枝のことでっしゃろ」

楽しい二人の仲だと、辛うじて胸を張った。これは自分にも言い聴かせた。照枝がよう尽してくれるよって、その日その日をすごしかねる今の暮しも苦にならんのや。まあ、照枝は結局僕のもんやったやおまへんか。松本はん。――と、そんな気負った気持が松本に通じたのか、

「さよか。そらええ按配や」

と、松本は連れの女にぐっと体をもたせかけて、

「立話もなんとやらや、どや、一緒に行かへんか。いま珈琲のみに行こ言うて出て来たところやねん」

「へえ、でも」

坂田は即座に応じ切れなかった。夕方から立って、十時を過ぎたいままで、客はたった三人である。見料一人三十銭、三人分で……と細かく計算するのも浅ましいが、合計九十銭の現金では大晦日は越せない、と思えば、何が降ってもそこを動かない覚悟だった。家には一銭の現金もない筈だ。いろんな払いも滞っている。だから、珈琲どころではないのだ。おまけに、それだけではない。顔を見ているだけでも辛い松本と、どうして一緒に行けようか。

渋っているのを見て、

「ねえ、お行きやすな」

雪の降る道端で永い立話をされていては、かなわないと、口をそろえて女たちもすすめた。

「はあ、そんなら」

と、もう断り切れず、ちょっと待って下さい、いま店を畳みますからと、こそこそと見台を畳んで、小脇にかかえ、

「お待ッ遠さん」

そして、

「珈琲ならどこがよろしおまっしゃろ。別府《ここ》じゃろくな店もおまへんが、まあ『ブラジル』やったら、ちょっとはましでっしゃろか」

土地の女の顔を見て、通らしく言った。そんな自分が哀れだった。

キャラメルの広告塔の出ている海の方へ、流川通を下って行った。道を折れ、薄暗い電燈のともっている市営浴場の前を通る時、松本はふと言った。

「こんなところにいるとは知らなんだな」

東京へ行った由噂にきいてはいたが、まさか別府で落ちぶれているとは知らなんだ――と、そんな言葉のうらを坂田は湯気のにおいと一緒に胸に落した。そのあたり雪明りもなく、なぜか道は暗かった。

照枝と二人、はじめて別府へ来た晩のことが想い出されるのだった。船を降りた足で、いきなり貸間探しだった。旅館の客引きの手をしょんぼり振り切って、行李を一時預けにすると、寄りそって歩く道は、しぜん明るい道を避けた。良いところだとはきいてはいたが夜逃げ同然にはるばる東京から流れて来れば、やはり裏通の暗さは身にしみるのだった。湯気のにおいもなにか見知らぬ土地めいた。東京から何里と勘定も出来ぬほど永い旅で、疲れた照枝は口を利く元気もなかった。胸を病んでいて、あこがれの別府の土地を見てから死にたいと、女らしい口癖だった。温泉にはいれば、あるいは病気も癒るかも知れないと、その願いをかなえてやりたいにも先ず旅費の工面からしてかからねばならぬ東京での暮しだったのだ……。

熱海で二日、そして東京へ出たが、一通り見物もしてしまうと、もうなにもすることはなく、いつまでも宿屋ぐらしもしていられないと、言い出したのは照枝の方で、坂田はびっくりしたのだ。お腹の子供のこともあることやし、金のなくならぬうちに早よ地道な商売をしようと照枝は言い、坂田は伏し拝んだ。いろいろ考えて、照枝も今まで水商売だったから、やはりこんども水商売の方がうまにあうと坂田はあやしげな易判断をした。

そして、同じやるなら、今まで東京になかった目新しい商売をやって儲けようと、きつねうどん専門のうどん屋を始めることになった。東京のけつねうどんは不味うてたべられへん、大阪のほんまのけつねうどんをたべさしたるねんと、坂田は言い、照枝も両親が猪飼野でうどん屋をしていたから、随分乗気になった。照枝は東京の子供たちの歯切れの良い言葉がいかにも利溌な子供らしく聴えて以来、お腹の子供はぜひ東京育ちにするのだと夢をえがき、銭勘定も目立ってけちくさくなった。下着類も案外汚れたのを平気で着て、これはもともとの気性だったが、なにか坂田は安心し、且つにわかに松本に対する嫉妬も感じた。

学生街なら、たいして老舗がついていなくても繁昌するだろうと、あちこち学生街を歩きまわった結果、一高が移転したあとすっかりはやらなくなって、永い間売りに出ていた本郷森川町の飯屋の権利を買って、うどん屋を開業した。

はじめはかなり客もあったが、しかし、おいでやす、なにしまひょ、けつねですか、おうどんでっかという坂田の大阪弁をきいて、客は変な顔をした。たいていは学生で、なかには大阪から来ている者もいたのだが、彼等は、まいどおおけにという坂田の言葉でこそこそと逃げるように出て行くのだった。そばが無いときいて、じゃ又来らあ。そんな客もあった。だんだんはやらなくなった。

照枝はつわりに苦しんで、店へ出なかった。坂田は馴れぬ手つきで、うどんの玉を湯がいたり雇の少女が出前に出た留守には、客の前へ運んで行ったりした。やがて、照枝は流産した。それが切っ掛けで腹膜になり、大学病院へ入院した。手術後ぶらぶらしているうちに、胸へ来た。医者代が嵩む一方、店は次第にさびれて行った。まるで嘘のように客が来なかった。このままでは食い込むばかりだと、それがおそろしくなりたまりかねてひそかに店を売りに出した。が、買手がつかず、そのまま半年、その気もなく毎日店をあけていた。やっと買手がついたが、恥しいほどやすい値をつけられた。

それでも、売って、その金を医者への借金払いに使い、学生専門の下宿へ移って、坂田は大道易者になった。かねがね八卦には趣味をもっていたが、まさか本業にしようとは思いも掛けて居らず、講習所で免状を貰い、はじめて町へ出る晩はさすがに印刷機械の油のにおいを想った。道行く人の顔がはっきり見えぬほど恥しかったが、それでも下宿で寝ている照枝のことを想うと、仰々しくかっと眼をひらいて、手、手相はいかがです。松本に似た男を見ると、あわただしく首をふった。けれども松本のことは照枝にきかず、照枝も言わず、照枝がほころびた真綿の飛び出た尻当てを腰にぶら下げているのを見て、坂田は松本のことなど忘れねばならぬと思った。照枝の病気は容易に癒らなかった。坂田は毎夜傍に寝て、ふと松本のことでカッとのぼせて来る頭を冷たい枕で冷やしていた。照枝は別府へ行って死にたいと口癖だった……。

そうして一年経ち、別府へ流れて来たのである。いま想い出してもぞっとする。着いた時、十円の金もなかったのだ。早く横になれるところをと焦っても、旅館はおろか貸間を探すにも先ず安いところをという、そんな情ない境遇を悲しんでごたごたした裏通りを野良猫のように身を縮めて、身を寄せて、さまよい続けていたのだった。

やはり冬の、寒い夜だったと、坂田は想い出して鼻をすすった。いきなりあたりが明るくなり、ブラジルの前まで来た。入口の門燈の灯りで、水洟が光った。

「ここでんねん」

松本の横顔に声を掛けて、坂田は今晩はと、扉を押した。そして、

「えらい済んまへんが、珈琲六人前淹《い》れたっとくなはれ」

ぞろぞろと随いてはいって来た女たちに何を飲むかともきかず、さっさと註文して、籐椅子に収まりかえってしまった。

松本はあきれた。まるで、自分が宰領しているような調子ではないかと、思わず坂田の顔を見た。律気らしく野暮にこぢんまりと引きしまった顔だが、案外に、睫毛が長く、くっきりした二重瞼を上品に覆って、これがカフェ遊びだけで、それもあっという間に財産をつぶしてしまった男の顔かという眼でみれば、なるほどそれらしかった。一皿十円も二十円もする果物《フルーツ》の皿をずらりと卓に並べるのが毎晩のことで、何をする男かと、あやしまぬものはなかったのである。松本自身鉄工所の一人息子でべつにけちくさい遊び方をした覚えもなく、金づかいが荒いと散々父親にこごとをいわれていたくらいだったが、しかし当時はよくよくのことが無い限り、果物《フルーツ》など値の張るものはとらなかったものだった。

やがて珈琲が運ばれて来たが、坂田は二口か三口啜っただけで、あとは見向きもしなかった。雪の道を二町も歩いて来たのである。たしなむべき女たちでさえ音をたてて一滴も残さず飲み乾している、それを、おそらく宵から雪に吹かれて立ち詰めだった坂田が未練もみせずに飲み残すのはどうしたことか、珈琲というものは、二口、三口啜ってあと残すものだという、誰かにきいた田舎者じみた野暮な伊達をいまだに忘れぬ心意気からだろうと思い当ると、松本は感心するより、むしろあきれてしまった。そんな坂田が一層落ちぶれて見え、哀れだった。

それにしても落ちぶれたものである。可哀そうなのは、苦労をともにしている瞳のことだと、松本は忘れていた女の顔を、坂田のずんぐりした首に想い出した。

ちょっと見には、つんとしてなにかかげの濃い冷い感じのある顔だったが、結局は疳高い声が間抜けてきこえるただの女だった。坂田のような男に随いて苦労するようなところも、いまにして思えば、あった。

あれはどないしてる？　どないにして暮らして来たのかと、松本はふと口に出かかるほどだったが、大阪から連れて来た女の手前はばかった。坂田も無口だった。だから、わざわざ伴って珈琲を飲みに来たものの、たいした話もなかった。それでも松本は、大阪は変ったぜ、地下鉄出来たん知ってるな。そんなら、赤玉のムーラン・ルージュが廻らんようになったんは知らんやろなどと、黙っているわけにもいかず、喋っていた。そうでっか、わても一ぺん大阪へ帰りたいと思てまんねんと、坂田も話を合せていたが、一向に調子が乗らなかった。なんとなくお互い気まずかった。女たちは賑かに退屈していた。松本は坂田を伴って来たことを後悔した。が、それ以上に、坂田は随いて来たことを、はじめから後悔していたのだ。もぞもぞと腰を浮かせていたが、やがて思い切って、坂田は立ち上った。

「お先に失礼します」

伝票を掴んでいた。

「ああそらいかん」

松本はあわてて手を押えたが、坂田は振り切って、

「これはわてに払わせとくなはれ」

と、言った。そして、勘定台《カウンター》の方へふらふらと行き、黒い皮の大きな財布から十銭白銅十枚出した。一枚多いというのを、むっとした顔で、

「チップや」

それで、その夜の収入はすっかり消えてしまった。

「そんなら、いずれまた」

もう一度松本に挨拶し、それからそこのお内儀に、

「えらいおやかまっさんでした。済んまへん」

と悲しいほどていねいにお辞儀して、坂田は出て行った。松本は追いかけて、

「君さっき大阪へ帰りたいと言うてたな。大阪で働くいう気いがあるのんやったら、僕とこでなにしてもええぜ。遠慮なしに言うてや」

と言って、傘の中の手へこっそり名刺を握らせた。女の前を避けてそうしたのは、坂田に恥をかすまいという心遣いからだと、松本は咄嗟に自分を甘やかして、わざと雪で顔を濡らせていた。が、実は坂田を伴って来たのは、女たちの前で坂田を肴に自分の出世を誇りたいからであった。一時はひっそくしかけていた鉄工所も事変以来殷賑を極めて、いまはこんな身分だと、坂田を苛めてやりたかったのである。が、さすがにそれが出来ぬほど、坂田はみじめに見えた。照枝だって貧乏暮し

でやつれているだろう。

「なんぞ役に立つことがあったら、さして貰おうか。あしたでも亀ノ井ホテルへ訪ねて来たらどないや」

しかし、坂田は松本の顔をちらりと恨めしそうに見て、

「…………」

しょんぼり黒い背中で去って行った。

松本は寒々とした想いで、喫茶店のなかへ戻った。

「あの男は……」

どこに住んでいるのかなどと、根掘りそこのお内儀にきくと、なんでもここから一里半、市内電車の終点から未だ五町もある遠方の人で、ゆで玉子屋の二階に奥さんと二人で住んでいるらしい。その奥さんというのが病気だから、その日その日に追われて、昼間は温泉場の飲食店をまわって空壜を買い集め、夜は八卦見に出ているのだと言った。

「うちへも集めに来なさるわ」

おかしいことに、半年に一度か二度珈琲を飲んで行くが、そのたび必ずこんな純喫茶だのに置かなくても良いチップを置いて行くのだと、お内儀はゆっくり笑った。

「いくら返しても、受け取りなさらんので困りますわ」

「どもならんな。そら、あんたに気があんねやろ」

と、松本は笑って、かたわらの女の肩を敲きながら、あの男のやりそうなこっちゃと、顔じゅう皺だらけだったが、眼だけ笑えなかった。チップを置いて、威張って出て行ったわけでもあるまい。壜を集めに来るからには、いわば坂田にとってそこは得意先なのだ。壜を買ったついでに珈琲をのんで帰るのも一応は遠慮しなければならぬところである。それを今夜のように、大勢引具して客となって来るのには、随分気を使ったことであろうと、店を出て行きしな、坂田がお内儀にしたていねいな挨拶が思い出されるのだった。

松本は気が滅入ってしまった。女たちと連立ってお茶を飲みに来ている気が、少しも浮ついて来なかった。昼は屑屋、夜は易者で、どちらももとの掛からぬぼろい商売だと言ってみたところで、いずれは一銭二銭の細かい勘定の商売だ。おまけに瞳は病気だというではないか。いまさき投げ出して行った金も、大晦日の身を切るような金ではなかったかと、坂田の黒い後姿が眼に浮びあがって、なにか熱かった。

背中をまるめ、マントの襟を立てて、坂田は海岸通を黒く歩いていた。海にも雪が降り、海から風が吹きつけた。引きかえしてもう一度流川通に立つ元気もいまはなかった。やっぱり照枝と松本はなんぞあったんやと、永年想いまどうて来たいまわしい考えが、松本の顔を見たいま、疑う余地もなくはっきりしていた。しかし、なぜか腹を立てたり、泣いたり、わめいたりする精も張りもなく、不思議に遠い想いだった。ひしひしと身近かに来るのは、ただ今夜を越す才覚だった。

喫茶店で一円投げ出して、いま無一文だった。家に現金のある筈もない。階下のゆで玉子屋もきょうこの頃商売にならず、だから滞っている部屋代を矢のような催促だった。たまりかねて、暮の用意にとちびちび貯めていた金をそっくり、ほんの少しだがと、今朝渡したのである。毎年ゆで玉子屋の三人いる子供に五十銭宛くれてやるお年玉も、ことしは駄目かも知れない。いまは昔のような贅沢なところはなくなっているが、それでも照枝はそんなことをきちんとしたい気性である。毎日寝たきりで、思いつめていては、そんなことも一層気になるだろう。別府で死にたいと駄々をこねて来たものの、三年経ったいまは大阪で死にたいと、無理を言う。自分のような男に、たとえ病気のからだとは言え、よく辛抱してついて来てくれたと思えば、なんとかして大阪へ帰らせてやりたい。知った大阪の土地で易者は恥しいが、それも照枝のためなら辛抱する、自分もまた帰りたい土地なのだと、思い立って見ても、先立つものは旅費である。二人分二十円足らずのその金が、纏ってたまったためしもなかったのだ。

赤玉のムーラン・ルージュがなくなったと、きけば一層大阪がなつかしい。頼って来いといった松本の言葉を、ふっと無気力に想い出した。凍えた両手に息を吹きかける拍子に、その気もなく松本の名刺を見た。ごおうッと音がして、電車が追いかけて来た。そして通り過ぎた。瞬間雪の上を光が走って、消えた。質屋はまだあいているだろうか。坂田は道を急いだ。やっと電車の終点まで来た。車掌らしい人が二三人焚火をしているのが、黒く蠢いて見えた。その方をちらりと見て、坂田は足跡もないひっそりした細い雪の道を折れて行った。足の先が濡れて、ひりひりと痛んだ。坂田は無意識に名刺を千切った。五町行き、ゆで玉子屋の二階が見えた。陰気くさく雨戸がしまっていたが、隙間から明りが洩れて、屋根の雪を照らしていた。まだ眼を覚している照枝を坂田は想った。松本の手垢がついていると思えぬほど、痩せた体なのだ。坂田はなにかほっとして、いつものように身をかがめてゆで玉子屋の表戸に手をかけた。

カフェー

勝本清一郎

文学や美術とカフェーとの交渉の日本におけるいちばん古いところは、明治二十一年四月、東京下谷区上野西黒門町二番地、元御成道警察署南隣に可否茶館《かひいさかん》が初めてできたとき、硯友社のまだ若かった作家たちが出入りした話からである。この可否茶館が日本におけるカフェーの最初であるからこれより古いという交渉はない。江戸時代の水茶屋まで範囲に入れるとすれば司馬江漢の銅版画「両国橋」に両国河岸のよしず張りの水茶屋の情景、春信のにしき絵に笠森稲荷茶店の図、政信の墨刷りにしがらき茶店の図その他があり、春信の作品は後の邦枝完二の小説「おせん」や小村雲岱の版画の素材になっている。

しかし水茶屋の系統は別としよう。これに似たものはいまでもエジプトやトルコへゆくと、やはり道ばたの茶店のような構えで、柄のついたパイプ型真鍮《しんちゅう》製の小容器でコーヒーを濃く煮ている光景にぶつかるが、そういうコーヒーの飲みかたは日本に伝わらなかった。日本のコーヒー、コーヒー店も西欧系である。

硯友社の機関誌「我楽多文庫」の公刊第一号（明治二十一年五月）に「下谷西黒門町可否茶館告条」という石橋思案の一文が出ており、それに開業したばかりの可否茶館をさして「西洋御待合所」とうたってある。

この「我楽多文庫」が「文庫」と改題されてからの第十九号（明治二十二年四月）には川上眉山の「黄菊白菊」という小説の第五回が出ていて、そこに可否茶館の場をとらえた文章とその場を描いたさし絵がある。画中の文字は紅葉の筆跡である。

この文章と絵が日本の文芸・美術に日本のカフェーが登場した最初である。絵を見ると驚くことに和服の女学生が非常に長いはおりを着て、洋ぐつをはいている。男の長いはおりは江戸時代の天明年間に流行して、清長の絵に残っているが、外とうのように長い女のはおりというものは、茶ばおり流行のいまの日本人の記憶にはもうない。文章はこんな文体である。

「敬三は下谷の可否茶館に。そゞろあるきの足休めして。安楽椅子《イーヂーチェヤー》に腰の疲を慰め。一碗の珈琲《コーフヒー》に。お客様の役目をすまして。新聞雑誌気に向いた所ばかり読ちらして余念と苦労は露ほどもなかりし。隣のテーブルには束髪の娘二人」

　石橋思案の「告条」には「茶ばかり飲むも至つて御愛嬌の薄き物と存じトランプ、クリケット、碁将棋、其外内外の新誌は手の届き候丈け相集め申置候」とか「文房室には筆硯小説等備へつけ、また化粧室と申す小意気な別室をもしつらへ置候へば其処にて沢山御めかし被下度候」とかある。クリケットという遊びは私の小学生時代、慶応義塾幼稚舎ではまだ行なわれていた。

　可否茶館の開業にさいしては「可否茶館広告、附、世界茶館事情」というパンフレットが配布された。それによると、パリのカフェーの元祖はサンゼルマン街にアルメニア人パスカルの開業したもので、一七八五年版ジュラウルの「巴里名所記」にそのことが出ているよしである。

　なお茶館という名称からもわかるとおり、中国茶館の系統も引いている。主人は長崎生まれの鄭永慶《ていえいけい》という人で、石橋思案も長崎生まれだったことから硯友社の面々が後援した。思案はこの可否茶館を会場にして東京金蘭会と称する男女交際会の会合をしばしば催した。その会では当時の帝大生たちが流行の清楽合奏などしたが、主宰者の思案もまだ二十歳代の学生だった。

可否茶館は二階建ての洋館で庭も二百坪ほどあった。二階の席料が一人一銭五厘、階下は広間で無料。コーヒーのねだんは牛乳を入れないのが一杯一銭五厘、入れたのが二銭、菓子付きで三銭。酒類はベルモット二銭五厘、ブランディー三銭、ぶどう酒二銭七厘、ビールがストックビール小びん十五銭。たばこは鹿印二十本二銭……。いまではこれらのねだんはすべて五千倍を越えている。

ただし可否茶館は客がきわめて少なく、いついってもすいていたよしで、まもなく廃業した。したがって初期カフェー文学は、文明開化思潮の中でハイカラ風俗小説を目ざしていた初期硯友社の作家たちによってもそれきり発展せずに終わった。

＊

明治二十三年一月、森鷗外は有名な「舞姫」を発表。この中に主人公太田豊太郎がベルリンで、生活の資のために日本の新聞社の通信員となり、カフェーに新聞紙を読みにかよう個所がある。「余はキヨオニヒ街の間口せまく奥行のみいと長き休息所に赴き、あらゆる新聞を読み、鉛筆取り出でゝ彼此と材料を集む。」

キヨオニヒ街とはいま普通に書けば西ベルリン区域のケーニッヒ街二十二、四番地、間口がせまく奥行きが長い休息所というのはグンペルトといった古いカフェーで、わたしもしばしば訪れたことがあるが、ガラス天井の室の壁ぎわにはヨーロッパじゅうの新聞紙が掛けられてあった。「舞姫」よりのちに発表されたが、執筆はそれにさきだち、鴎外の処女作だった「うたかたの記」にもドイツ・ミュンヘン市の美術学校前のカッフエ・ミネルワの場がある。それは実際の名で、鴎外はここの常連の芸術家仲間のうちに日本人画家原田直次郎を見出したのである。ほかにカッフエ・ロリアンなどという名も出てくる。

鴎外はミネルワの仲間という語を使ったが、十九世紀末から二十世紀はじめにかけては各種の芸術運動がパリやミュンヘンやベルリンで、カフェーでの集まりから出発した例が多い。いまルーブルにあるルノアールのけんらんたる大作「ムーラン・ド・ギャレット」も、野天のダンス場の景だがカフェーの延長線だ。プッチーニ作曲の歌劇「ラ・ボエーム」第二幕のパリのカフェーのテラスの場も有名で、音楽も情景もかれんで写実的に美しい。

この歌劇が大正年間日本で初演されたときに、人もあろうに大田黒元雄が雪の降っている晩に戸外でストーブをたきコーヒーを飲んでいる光景は、歌劇の荒唐無稽さだが、と解説したことがある。荒唐無稽どころかパリへいってみればそれが写実なのであって、大正年間になっても、いかに日本でパリのカフェーの実際が知られていなかったかを示す例である。

明治末期から大正初期にかけて若き日の木下杢太郎、吉井勇、北原白秋、高村光太郎、木村荘八、長田秀雄、谷崎潤一郎たちパンの会の連中が、会場にカフェーらしい家を捜すのにどんなに難儀したか。

両国橋畔の第一やまと、永代橋ぎわの永代亭、大伝馬町の三州屋、鳥料理都川、小網町のメエゾン・コオノス。西洋料理屋といっても牛なべ屋にちかく、コオノスがいちばんフランスのカフェーの感じだった。

主人に画心があって鴻巣山人とサインした版画をわたしは持つ。五色の酒を作って客に出したのもここの主人だ。この線がやがて銀座のプランタンへいく。プランタンの主人は本職の洋画家だった。しかしパンの会の歴史は結局、フランス系のカフェーを捜して得られなかった歴史である。

なお鷗外のドイツ日記にはまだたくさんカフェーの名がある。中央骨喜堂、ウェル骨喜堂、大陸骨喜店、国民骨喜店、クレップス氏珈琲店、シルレル骨喜店、ヨスチイ骨喜店、骨喜店はカフェーのあて字。

明治十九年二月二十日の条には「伯林には青楼なし。故に珈琲店は娼婦の巣窟と為り、甚しきに至りては十字街頭客を招き色をひさげり」と書き、さらにクレップス氏珈琲店の個所には「美人多し。云ふ売笑婦なりと」ともある。

このクレップスはベルリンのノイエ・ウィルヘルム街にあってもっぱら日本人相手の店だった。鷗外は漢字に訳して蟹《かに》屋と書いたこともある。わたしが後年いったころにはこれに類する家はビクトリア・ルイゼ広場にあって比丘《びく》と略称されていた。もちろん尼さんスタイルでサービスしたわけではない。ゲイシャというカフェーもあった。

鴎外留学時代に始まるこの蟹屋、比丘、ゲイシャの線が大正期に盛った日本のカフェーの型の元である。だからそれは必ずしも大阪から東京への流れだけではない。この型の世界から荷風の「つゆのあとさき」のような傑作が生まれているのは、荷風がもう一つの意味でも鴎外のでしだったことを語る。それにしても、あれほどフランス好きでドイツと日本のことならなんでも悪口のタネにした荷風が、銀座のカフェーがドイツ流だったことに気がつかなかったのははなはだ愉快である。いまの洞窟喫茶、深夜喫茶もまたドイツ系である。

コーヒー哲学序説

寺田寅彦

八九歳のころ医者の命令で始めて牛乳というものを飲まされた。当時まだ牛乳は少なくとも大衆一般の嗜好品《しこうひん》でもなく、常用栄養品でもなく、主として病弱な人間の薬用品であったように見える。そうして、牛乳やいわゆるソップがどうにも臭くって飲めず、飲めばきっと嘔吐《おうと》したり下痢したりするという古風な趣味の人の多かったころであった。もっともそのころでもモダーンなハイカラな人もたくさんあって、たとえば当時通学していた番町《ばんちょう》小学校の同級生の中には昼の弁当としてパンとバタを常用していた小公子もあった。そのバタというものの名前さえも知らず、きれいな切り子ガラスの小さな壺《つぼ》にはいった妙な黄色い蝋《ろう》のようなものを、象牙《ぞうげ》の耳かきのようなものでしゃくい出してパンになすりつけて食っているのを、隣席からさもしい好奇の目を見張っていたくらいである。その一方ではまた、自分の田舎《いなか》では人間の食うものと思われていない蝗《いなご》の佃煮《つくだに》をうまそうに食っている江戸っ子の児童もあって、これにもまたちがった意味での驚異の目を見張ったのであった。

始めて飲んだ牛乳はやはり飲みにくい「おくすり」であったらしい。それを飲みやすくするために医者はこれに少量のコーヒーを配剤することを忘れなかった。粉にしたコーヒーをさらし木綿《もめん》の小袋にほんのひとつまみちょっぴり入れたのを熱い牛乳の中に浸して、漢方の風邪薬《かぜぐすり》のように振り出し絞り出すのである。とにかくこの生まれて始めて味わったコーヒーの香味はすっかり田舎《いなか》育ちの少年の私を心酔させてしまった。すべてのエキゾティックなものに憧憬《どうけい》をもっていた子供心に、この南洋的西洋的な香気は未知の極楽郷から遠洋を渡って来た一脈の薫風《くんぷう》のように感ぜられたものの ようである。その後まもなく郷里の田舎へ移り住んでからも毎日一合の牛乳は欠かさず飲んでいたが、東京で味わったようなコーヒーの香味はもう味わわれなかったらしい。コーヒー糖と称して角砂糖の内にひとつまみの粉末を封入したものが一般に愛用された時代であったが往々それはもう薬臭くかび臭い異様の物質に変質してしまっていた。

高等学校時代にも牛乳はふだん飲んでいたがコーヒーのようなぜいたく品は用いなかった。そうして牛乳に入れるための砂糖の壺《つぼ》から随時に歯みがきブラシの柄などでしゃくい出しては生の砂糖をなめて菓子の代用にしたものである。試験前などには別して砂糖の消費が多かったようである。月日がめぐって三十二歳の春ドイツに留学するまでの間におけるコーヒーと自分との交渉についてはほとんどこれという事項は記憶に残っていないようである。

ベルリンの下宿はノーレンドルフの辻《つじ》に近いガイスベルク街にあって、年老いた主婦は陸軍将官の未亡人であった。ひどくいばったばあさんであったがコーヒーはよいコーヒーをのませてくれた。ここの二階で毎朝寝巻のままで窓前にそびゆるガスアンシュタルトの円塔をながめながら婢《ひ》のヘルミーナの持って来る熱いコーヒーを飲み香ばしいシュニッペルをかじった。一般にベルリンのコーヒーとパンは周知のごとくうまいものである。九時十時あるいは十一時から始まる大学の講義を聞きにウンテル・デン・リンデン近くまで電車で出かける。昼前の講義が終わって近所で食事をするのであるが、朝食が少量で昼飯がおそく、またドイツ人のように昼前の「おやつ」をしないわれらにはかなり空腹であるところへ相当多量な昼食をしたあとは必然の結果として重い眠けが襲来する。四時から再び始まる講義までの二三時間を下宿に帰ろうとすれば電車で空費する時間が大部分になるので、ほど近いいろいろの美術館をたんねんに見物したり、旧ベルリンの古めかしい街区のことさらに陋巷《ろうこう》を求めて彷徨《ほうこう》したり、ティアガルテンの木立ちを縫うてみたり、またフリードリヒ街や、ライプチヒ街のショウウィンドウをのぞき込んでは「ベルリンのギンブラ」をするほかはなかった。それでもつぶしきれない時間をカフェーやコンディトライの大理石のテーブルの前に過ごし、新聞でも見ながら「ミット」や「オーネ」のコーヒーをちびちびなめながら淡い郷愁を瞞着《まんちゃく》するのが常習になってしまった。

ベルリンの冬はそれほど寒いとは思わなかったが暗くて物うくて、そうして不思議な重苦しい眠けが濃い霧のように全市を封じ込めているように思われた。それが無意識な軽微の慢性的郷愁と混合して一種特別な眠けとなって額をおさえつけるのであった。この眠けを追い払うためには実際この一杯のコーヒーが自分にはむしろはなはだ必要であったのである。三時か四時ごろのカフェーにはまだ吸血鬼の粉黛《ふんたい》の香もなく森閑としてどうかするとねずみが出るくらいであった。コンディトライには家庭的な婦人の客が大多数でほがらかににぎやかなソプラノやアルトのさえずりが聞かれた。

国々を旅行する間にもこの習慣を持って歩いた。スカンディナヴィアの田舎《いなか》には恐ろしくがんじょうで分厚《ぶあつ》でたたきつけても割れそうもないコーヒー茶わんにしばしば出会った。そうして茶わんの縁の厚みでコーヒーの味覚に差違を感ずるという興味ある事実を体験した。ロシア人の発音するコーフイが日本流によく似ている事を知った。昔のペテルブルグ一流のカフェーの菓子はなかなかにぜいたくでうまいものであった。こんな事からもこの国の社会層の深さが計られるような気がした。自分の出会った限りのロンドンのコーヒーは多くはまずかった。大概の場合はＡＢＣやライオンの民衆的なる紅茶で我慢するほかはなかった。英国人が常識的健全なのは紅茶ばかりのんでそうして原始的なるビフステキを食うせいだと論ずる人もあるが、実際プロイセンあたりのぴりぴりした神経は事によるとうまいコーヒーの産物かもしれない。パリの朝食のコーヒーとあの棍棒《こんぼう》を輪切りにしたパンは周知の美味である。ギャルソンのステファンが、「ヴォアラー・ムシウ」と言って小卓にのせて行く朝食は一日じゅうの大なる楽しみであったことを思い出す。マデレーヌの近くの一流のカフェーで飲んだコーヒーのしずくが凝結して茶わんと皿《さら》とを吸い着けてしまって、いっしょに持ち上げられたのに驚いた記憶もある。

西洋から帰ってからは、日曜に銀座《ぎんざ》の風月《ふうげつ》へよくコーヒーを飲みに出かけた。当時ほかにコーヒーらしいコーヒーを飲ませてくれる家を知らなかったのである。店によるとコーヒーだか紅茶だかよほどよく考えてみないとわからない味のものを飲まされ、また時には汁粉《しるこ》の味のするものを飲まされる事もあった。風月ではドイツ人のピアニストＳ氏とセリストＷ氏との不可分な一対がよく同じ時刻に来合わせていた。二人もやはりここの一杯のコーヒーの中にベルリンないしライプチヒの夢を味わっているらしく思われた。そのころの給仕人は和服に角帯姿であったが、震災後向かい側に引っ越してからそれがタキシードか何かに変わると同時にどういうものか自分にはここの敷居が高くなってしまった、一方ではまたSとかFとかKとかいうわれわれ向きの喫茶店《きっさてん》ができたので自然にそっちへ足が向いた。

自分はコーヒーに限らずあらゆる食味に対してもいわゆる「通」というものには一つも持ち合わせがない。しかしこれらの店のおのおののコーヒーの味に皆区別があることだけは自然にわかる。クリームの香味にも店によって著しい相違があって、これがなかなかたいせつな味覚的要素であることもいくらかはわかるようである。コーヒーの出し方はたしかに一つの芸術である。

しかし自分がコーヒーを飲むのは、どうもコーヒーを飲むためにコーヒーを飲むのではないように思われる。宅《うち》の台所で骨を折ってせいぜいうまく出したコーヒーを、引き散らかした居間の書卓の上で味わうのではどうも何か物足りなくて、コーヒーを飲んだ気になりかねる。やはり人造でもマーブルか、乳色ガラスのテーブルの上に銀器が光っていて、一輪のカーネーションでもにおっていて、そうしてビュッフェにも銀とガラスが星空のようにきらめき、夏なら電扇が頭上にうなり、冬ならストーヴがほのかにほてっていなければ正常のコーヒーの味は出ないものらしい。コーヒーの味はコーヒーによって呼び出される幻想曲の味であって、それを呼び出すためにはやはり適当な伴奏もしくは前奏が必要であるらしい。銀とクリスタルガラスとの閃光《せんこう》のアルペジオは確かにそういう管弦楽の一部員の役目をつとめるものであろう。

研究している仕事が行き詰まってしまってどうにもならないような時に、前記の意味でのコーヒーを飲む。コーヒー茶わんの縁がまさにくちびると相触れようとする瞬間にぱっと頭の中に一道の光が流れ込むような気がすると同時に、やすやすと解決の手掛かりを思いつくことがしばしばあるようである。

こういう現象はもしやコーヒー中毒の症状ではないかと思ってみたことがある。しかし中毒であれば、飲まない時の精神機能が著しく減退して、飲んだ時だけようやく正常に復するのであろうが、現在の場合はそれほどのことでないらしい。やはりこの興奮剤の正当な作用でありきき目であるに相違ない。

コーヒーが興奮剤であるとは知ってはいたがほんとうにその意味を体験したことはただ一度ある。病気のために一年以上全くコーヒーを口にしないでいて、そうしてある秋の日の午後久しぶりで銀座《ぎんざ》へ行ってそのただ一杯を味わった。そうしてぶらぶら歩いて日比谷《ひびや》へんまで来るとなんだかそのへんの様子が平時とはちがうような気がした。公園の木立ちも行きかう電車もすべての常住的なものがひどく美しく明るく愉快なもののように思われ、歩いている人間がみんな頼もしく見え、要するにこの世の中全体がすべて祝福と希望に満ち輝いているように思われた。気がついてみると両方の手のひらにあぶら汗のようなものがいっぱいににじんでいた。なるほどこれは恐ろしい毒薬であると感心もし、また人間というものが実にわずかな薬物によって勝手に支配されるあわれな存在であるとも思ったことである。

スポーツの好きな人がスポーツを見ているとやはり同様な興奮状態に入るものらしい。宗教に熱中した人がこれと似よった恍惚《こうこつ》状態を経験することもあるのではないか。これが何々術と称する心理的療法などに利用されるのではないかと思われる。

酒やコーヒーのようなものはいわゆる禁欲主義者などの目から見れば真に有害無益の長物かもしれない。しかし、芸術でも哲学でも宗教でも実はこれらの物質とよく似た効果を人間の肉体と精神に及ぼすもののように見える。禁欲主義者自身の中でさえその禁欲主義哲学に陶酔の結果年の若いに自殺したローマの詩人哲学者もあるくらいである。映画や小説の芸術に酔うて盗賊や放火をする少年もあれば、外来哲学思想に酩酊《めいてい》して世を騒がせ生命を捨てるものも少なくない。宗教類似の信仰に夢中になって家族を泣かせるおやじもあれば、あるいは干戈《かんか》を動かして悔いない王者もあったようである。

芸術でも哲学でも宗教でも、それが人間の人間としての顕在的実践的な活動の原動力としてはたらくときにはじめて現実的の意義があり価値があるのではないかと思うが、そういう意味から言えば自分にとってはマーブルの卓上におかれた一杯のコーヒーは自分のための哲学であり宗教であり芸術であると言ってもいいかもしれない。これによって自分の本然の仕事がいくぶんでも能率を上げることができれば、少なくも自身にとっては下手《へた》な芸術や半熟の哲学や生ぬるい宗教よりもプラグマティックなものである。ただあまりに安価で外聞の悪い意地のきたない原動力ではないかと言われればそのとおりである。しかしこういうものもあってもいいかもしれないというまでなのである。

宗教は往々人を酩酊《めいてい》させ官能と理性を麻痺《まひ》させる点で酒に似ている。そうして、コーヒーの効果は官能を鋭敏にし洞察《どうさつ》と認識を透明にする点でいくらか哲学に似ているとも考えられる。酒や宗教で人を殺すものは多いがコーヒーや哲学に酔うて犯罪をあえてするものはまれである。前者は信仰的主観的であるが、後者は懐疑的客観的だからかもしれない。

芸術という料理の美味も時に人を酔わす、その酔わせる成分には前記の酒もあり、ニコチン、アトロピン、コカイン、モルフィンいろいろのものがあるようである。この成分によって芸術の分類ができるかもしれない。コカイン芸術やモルフィン文学があまりに多きを悲しむ次第である。

コーヒー漫筆がついついコーヒー哲学序説のようなものになってしまった。これも今しがた飲んだ一杯のコーヒーの酔いの効果であるかもしれない。

（昭和八年二月、経済往来）

判官三郎の正体

野村胡堂

一

「泥棒の肩を持つのは穏かではないな」

唐船《からふね》男爵は、心持その上品な顔をひそめて、やや胡麻塩になりかけた髭に、葉巻の煙を這わせました。

日曜の午後二時、男爵邸の小客間《サロン》に集った青年達は、男爵を中心に、無駄話の花を咲かせて、長閑《のどか》な春の日の午後を過して居ります。

「肩を持つという訳ではありませんが、あの『判官三郎』と名乗る泥棒ばかりは憎めませんよ。第一あれは驚くべきスポーツマンで……」

というのは、会社員の黒津武、運動家らしいキリリとした身体《からだ》、勤柄で真面目《まじめ》な紺の背広は着て居りますが、上着一枚脱げば、何時《いつ》でもラケットを握る用意が出来て居ようという、気のきいた男前です。

「というと、君自身が覘《ねら》われた事でもありそうだが」

これは宮尾敬一郎という、金持の坊ちゃんです。映画とスポーツと音楽の通で知らないものは、月給を取る方法と金を儲ける方法だけといった、典型的の有閑青年。

「僕じゃない、僕の伯父がやられたんだ」

「君の伯父さん？　……成《な》る程《ほど》、君の伯父さんというと、富豪の筒井氏だネ、何んでも避雷針を伝わって空気抜から入って、抵当に預った曲玉や管玉や、素晴らしい古代の宝玉を苦もなく奪われたというではないか」

「それだよ、伯父の悪口をいっちゃすまないが、世間から『地獄の筒井』といわれる位だから、伯父のやり口も充分悪かった」

「あの古代の宝玉というのは、有名な蒐集家《しゅうしゅうか》の遺族から預って、金を返す期限が二三日遅れたというので、涙を流して頼みこむ預け主へ、どうしても返さずに居た品物だというじゃないか」

「その通り、残念乍《なが》ら僕も伯父の弁護だけは出来ないよ、義賊気取りの判官三郎に覘《ねら》われたのも無理は無いさ」

「マア黒津さん、そんなに伯父さんの悪口を仰《おっ》しゃるものじゃありませんワ」

後ろの方から、洗練された美しい声、振り返って見ると、次の間に通ずる扉《ドーア》を背にして、オパール色の洋服を着た、目の覚めるような美しい娘が立って居ります。

「オ、栄子さん、丁度《ちょうど》いいところへ」

青年達は、腰を浮かして、この美しい人を迎えました。唐船男爵の一粒種で、才色兼備の見本のような令嬢、毎月変った姿態《ポーズ》の写真が、二枚や三枚は、婦人雑誌へ出ない事が無いという、一代の人気を背負《しょ》って立ったような令嬢です。

「黒津君が伯父さんの悪口をいうのは、存分にお小遣が貰えないからなんですよ……」

「マア」

「コラ何を人聞の悪い事をいう、君のようなノラクラ者と違って、これでも独立独歩の月給取だぞ、お小遣に困るようなサモしいんじゃない」

「ハッハッハッ、まあ怒るな。ところで英子さん、今ここで、判官三郎の噂をして居たんですが、あなたはどうお思いになります？」

「まあ素的ネ」

「判官三郎を憎んだものだろうか、それとも讃美したものだろうかと言うのです」

「憎むところなんかありませんワ。判官三郎は神出鬼没の怪盗ですけれど、意地の悪いことや、残酷なことは決してしません。反《かえ》って悪い者を懲《こら》しめて、弱い者を助けるというじゃありませんか。丁度アルセーヌ・ルパンのようネ、身軽で、冒険好きで、快活で、大胆で、第一義侠的なところがいいワ」

「これこれ何をいうのじゃ、泥棒崇拝は少し慎しんだがよかろう、深山《みやま》君、君はこの問題をどう思うネ？」

「…………」

男爵に声をかけられて、僅《わずか》に顔を上げたのは、一人離れて、長椅子《いす》の上に陣取った、深山茂という若い大学教授《プロフェッサー》です。今まで読み耽って居た、外国語の分厚な本から離した眼は、深い瞑想に沈んで、今しがた何を問いかけられたかさえ解らないよう、もう一度促すように、静かに男爵の顔を見上げて、その黒耀石《こくようせき》のような眼をまたたくのでした。

「判官三郎という、巨盗を君は知って居るかな」

「イヤ、一向……矢張《やは》り石川五右衛門といったような」

「プッ」

とうとう皆《みん》な吹出してしまいました。

二

「成程《なるほど》、深山君は矢張り深山君だ」

男爵は憐れむような慰めるような、不思議な一瞥をこの若い教授の上へ送りました。

「判官三郎が、内燃機関の改良者だといわないところが、まだしも見付けものだよ」

宮尾敬一郎は不遠慮に頤《あご》を突き出します。

「マア一寸《ちょっと》待ちたまえ」

黒津武は、もう一度外国語の本を取り上げようとする深山茂を止めて、

「君のように本ばかり読んで居る人間はあるもんじゃない、先《ま》あ少し付き合って世間並の話でもし

て見たらどうだ」

若い教授の手を取らぬばかりに、一座の中へ引入れました。

「有難う、だが僕にはまるっきり話題というものが無いんだよ、内燃機関の改良の事を話すと、君達に笑われるばかりだし……」

それでも淋しくニッコリして、男爵父娘と相対して、黒津、宮尾二人の間に座を占めました。

二十七八歳、むっつりした好青年で、何んとなく重厚な感じがあります。内燃機関の特殊な研究者で論文さえ出せば、何時《いつ》でも博士号がもらえるという人物、その研究の助けを仮りて唐船男爵の経営して居る会社が、夥《おびただ》しい利益を占めて居るという噂もあります。

尤《もっと》も、その代り――といっては可笑《おか》しいかも知れませんが――英子姫とは許嫁《いいなずけ》の間柄で、この春は正式に結婚式を挙げるというところまで話が進んで居ります。

「深山君の勉強には敬服するが、少し身体《からだ》を粗末にし過ぎるよ、君のように頭ばかり発達すると、人類が生理的に滅亡する相《そう》だぜ」

「有難う、けれども、僕はどうもあの運動というようなものをやる気にはなれない」

黒津の手厳しい攻撃に対しても、軽く抗弁しながらも、ともすれば長椅子の上へ置いて来た、外国語の本の方に気を取られ相です。

「判官三郎というのは、近頃世の中を騒がして居る巨盗なんだが、この泥棒は不思議に婦人方に人気があるんだ。例えば、英子さんの今の弁護振りの如き、婚約者たる君の耳に、異常に響かなかった筈は無い……」

「マア黒津さん、何んという貴方《あなた》は……」

「英子さん暫《しば》らく黙っていらして下さい、……ところでだネ深山君。判官三郎の人気というのは、その任侠な点にあることは申すまでも無いが、もう一つの重大な原因は、彼は恐ろしい体力の所有者だという点にあるのだよ。誰も判官三郎の顔を見た者は無いが、彼が庇《ひさし》を渡り、軒を伝い、羽目を攀《よ》じ、物理学的約束を無視して、縦横無尽に荒し廻る点が、物好きな婦人方の人気に投ずるところなのだ……」

「それで……」

深山茂の顔には、解き難い疑問が、氷《こお》った雲のようにただよいました。

「それで……どうも弱ったな、君のように冷たい顔をして居ると、話が仕悪《しにく》くてしようが無い……」

「どんな顔をして居ればいいのだ」

「御挨拶だネ、そんな論理学的な表情を取り払って、精々社交的な表情をして居ると、おれの話は滑らかに進展する……まあいいや、結論だけ簡単にブチまけよう。こうだ、本にばかり噛《かじ》り付いて、運動とか趣味とかいうものを考えないと、勢い現代の若い婦人方には受が悪い、とこういうのだ。判官三郎の体力は無くとも、せめて我輩や宮尾君のように、現代青年の身体《からだ》はスポーツで鍛えて置いてもらい度《た》いな」

「………」

深山茂は、とうとう長椅子の方へ帰ってしまいました。この若い学究に取っては、許嫁《いいなずけ》の姫の素晴らしい美しさよりは、外国語の髭文字の方が魅力に富んで居たのでしょう。まして、黒津武の冗弁《じょうだん》などは、物の数でもなかったのです。

「マア深山さん」

自分の魅力の前から、臭いものを見棄てるような無造作な態度で退《ど》いた未来の良人《おっと》の後姿を追って、美しい姫の眼は一方ならぬ非難に燃えて居りました。

そこへ、若い女中が、磁器のお盆へ入れて、人数だけのコーヒー茶碗を運んで参りました。素晴らしい茶碗に、銀の小匙《こさじ》を添えて、卓の上へ順々に並べると、得ならぬ香気が客間をこめて、午後三時らしい心持にします。

「このコーヒーは自慢で、南洋から取寄せたのを、念入りに家でひかしたんだが……」

唐船男爵は、世間並の貴族らしく、手数をかけた飲物に軽い誇を感じながら、フト匙を取りましたが、

「フム……」

茶碗の中を眺めてうなって居ります。

「マア」

　英子はクルリと振り返って、扉《ドーア》を開けようとする女中を呼止めました。

「鶴や、一寸《ちょっと》お待ち、クリームをコーヒーへ入れて持って来る人はありませんよ。何んというわからない娘《こ》でしょう。もう一度入れ直してお出《いで》、コーヒーとクリームは別々に持って来るんですよ」

　苛辣《からっ》な言葉に、若い女中はハッと立ちすくみました。小作りの可愛らしい、けれども、山から掘り出した新しい芋か、木から取ったばかりの新らしい果物といった感じのする、如何《いか》にも野趣を帯びた娘です。

「そのコーヒーは下げて行って、捨てるなり、どうするなり、それから菓子を持って来るのですよ……アア後をしめて」

　すっかり面喰って、涙さえ浮べた若い女中は、アタフタ引下って、片手で扉《ドーア》をしめる拍子に、持って居たコーヒー道具の盆は、ツルリと手の上を滑って、廊下の板敷の上へ、アッと思う間もなく、微塵《みじん》にこわれてしまいました。

「アッ、又！」

　仏蘭西《フランス》製の高価な茶碗は、男爵令嬢の落付きを失わせるに充分でした。やがて、冷たい目と、厳しい言葉が降りそそぐ中に、若い女中は、熟れたトマトのような両手で、涙の顔を覆いました。

三

「あの娘は全く野蛮人だよ」

　唐船男爵はいくらか落付きを取り返して、二度目に入ったコーヒーを啜りながら、こう申します。

「日本にあんな人間が住んで居るのは珍らしいネ、いくら山出しにしても、凡《およ》そ程度のあるもんだが、礼儀や作法は勿論のこと、文化生活に必要な知識というものは、一つも持って居ない。教育が行渡ったといっても、まだなかなか安心は出来ないよ、私は次の国会に、教育について文部大臣に質問しようと思って居る」

「が、一寸《ちょっと》可愛らしい娘じゃありませんか」

　ツイ口を滑らして、宮尾敬一郎は首を縮めました。美しい英子姫の瞳が、非難するともなく、自分の方を凄《じっ》と見詰めて居るのです。

「マア宮尾さん。男の方はどうしてあんな無智な娘を好くでしょう?」

「イエなに」

「私にはどうしても解らない、不作法で横着で、野蛮で、そりゃ大変な娘よ……そうそうあの娘は、深山さんが御郷里の方から伴《つ》れて来て下すった娘でしたネ、あまり悪く言ってはすまないワ」

「どうもすみません……」

感心に話が耳に入ったかして、例の外国語の本を伏せて、若い教授は顔を起しました、

「だけれども、あなたのお国って、あんなところでしょうか、私共とは、人情風俗がまるっきり違うんですもの」

美しい姫の口吻《くちぶり》には、未だ苦い語気が残って居ります。

「何しろ、山の中で猿や熊と一緒に育った娘ですから、都会人の礼儀や作法を心得て居るわけはありません。その代り、正直で無邪気で、都会人のように、ウソを言う事も知らないのです」

「あの上嘘を言ったら、どんな事になるでしょう」

「…………」

ちぐはぐな心持、そぐわない空気、一座は又白け渡りました。

気まずい沈黙を破って、廊下を遽《あわただ》しい足音。

「殿様、タ大変で御座います」

「何？」

「なんだ」

総立になって客間へ転げこんだのは、日頃沈着そのもののような顔をして居る、家扶《かふ》の本藤《もとふじ》です。

息せき切って、

「何時《いつ》の間にやら金庫の扉が開いて、中は滅茶滅茶にかき廻されて居ります」

「アッ」

唐船男爵もさすがに顔色を失って、立ちすくみました。富と権勢とを誇る男爵家の金庫ですから、中に何があったかわかりませんが、兎に角、仏蘭西《フランス》製のコーヒー茶碗をこわしたような小さい問題ではありません。

五人が一《ひ》とかたまりになって、階子段《はしごだん》を稲妻の様に飛降りて、男爵の書斎へ入って行くと、大金庫の扉は八文字に開いたまま、中の抽斗《ひきだ》しは、滅茶滅茶にかき乱されたらしく、忙《せわ》しく開けて見る男爵の手に従って、惨憺たる有様が一と目にわかります。

「宝石は？」

「大丈夫だ」

「有価証券？」

「何んともなって居ない」

「現金？」

「みんなある」

英子と本藤の問に答えて、男爵の手はそれからそれと忙しく動きます。

「では、若《も》しかしたら、……設計図？」

「そうだ、一番大事なものが無くなって居る」

振り返った男爵の顔は、血の気もなく真っ蒼に歪んで居りました。

「お父様、では矢張《やは》り……」

「これは尋常一様の泥棒ではない、深山君、御覧の通りだ、君が苦心をして発明した、あの世界を驚倒させるだろうと言われた、新式内燃機関の設計図が盗まれてしまった」

「――」

恐ろしい深い沈黙が、一座を支配しました。男爵の次の言葉を待つように、互に顔を見合せて、異常な緊張に任せて居ります。

「あの設計図は、とうに君に返さなければならないものであった。が、会社で君から買収する意向があったので、幾度も君から請求され乍ら、心ならずも止めて置いた――」

「――」

「あれが無くなっては、君の損害は勿論のことだが、会社の損害が非常に重大だ」

「警察へ、電話で」

だれやらの声に応じて、本藤が卓上電話を取り上げようとすると。

「待った」

男爵はコードを引っ張って止め乍ら、

「競争会社の関係もあるから、なるべく表沙汰にはし度くない、あの秘密はあまりに重大だ、もう少し調べてからにしよう」

と申します。

四

どうして書斎の金庫の開いてるのが判らなかったかというと、今日は日曜で、男爵も本藤も、朝から書斎を見舞わず、掃除をした女中のお鶴は、例の山出しで、金庫が開いて居たか閉って居たか、そんな事は気にもかけなかったというのです。

注意して見ると、「金庫には何の損傷《きず》もなく、明かに合鍵を用いて開いたものに相違ありません、では、どうして組合せ文字を知ったかそれが、第一の不思議です。

組合せ文字は、唐船男爵と本藤が知って居るだけ、あとは英子嬢さえ知らなかったのです。

「本藤、組合せ文字を人に知られるような事は無かったろうな」

「飛んでもない……」

本藤は唐船男爵の問に、一度はいさぎよく応えましたが、何を感じたか、フト固い表情をして考え込んでしまいました。

「どうしたのだ」

「ナニ何んでも御座いません、多分何んでもないだろうと思いますが……二三日前の事、私の手帳が見えなくなって、心当りの場所を半日探して居ると、庭に落ちて居ましたといって、お鶴が返してくれた事があります」

「それで？」

「私はその日一日調べ物の仕事が忙しくて、庭へは一度も出ませんでした。不思議な事があるものだと思って居りましたが、……後で気が付いて見ると、その手帳に書いて置いた、金庫の合言葉が、一枚そっくりムシリ取られてありましたようで……」

「何？　何んでもない事があるものか、お鶴を呼べ！」

「お父様、あの娘《こ》は不思議ですよ、毎朝お掃除の時というと、この金庫の錠前を、長い事いじって居るのです。山出しで金庫が珍らしいからだろうとばかり思って居りましたが……」

「よしもう判った、お鶴に金庫を開ける智恵があるわけはない、お鶴を手先に使って、中から設計図を取り出した奴があるに相違ない」

ジロリと見渡した男爵の眼は、深山茂の深沈な顔にピタリと釘付けになりました。

大事な大事な一人娘、望まばどんな高い身分の若殿も、婿なり養子なりに迎えられるだろうと言われた才色兼備の見本のような英子嬢を犠牲にして、この素性も知れぬ若い教授を囚《とら》えようとしたのは、盗まれた設計図が手に入れ度い為ばかりでは無かったでしょうか。

それにもかかわらず、その若い教授は、英子嬢よりも設計図に執着して、何遍も何遍も男爵に返還を迫って居たのです。

おまけに、――これは一番重大な事ですが――お鶴は深山の郷里から来た娘で、深山とどんな関係があるか誰も知らず、ただ、一方ならず深山を慕って居ることだけは、軽い嫉妬に敏感になって居る英子嬢ならずとも、邸中《やしき》の者がみんな心付いて居ることでした。

「泥棒の手引をしたのはお前だろう」

本藤に突き飛ばされて、絨毯《じゅうたん》の上へ僅《わずか》に顔を挙げたお鶴は、

「いいえ、私《わたし》ゃあ、知らねエよ」

亢奮《かうふん》したせいか、少しばかり直りかけた田舎訛《いなかなま》りが、すっかり生地《きじ》を出してしまいます。

「知らないとは言わさん、手帳の中に書いてあった組合せ言葉を読んで、それを誰かに知らせたに相違あるまい」

「………」

「サア、お前の手引をした相手は誰だ、言わないと警察へやって暗い処へ投《ほう》りこませるぞ」

「私ゃア、何んにも知らないよ」

この娘が何を知って居ましょう、振り仰いだ眼は、天にまたたく星のように清らかです。

「本当に知らないな」

「本藤、そんな事で口を開かせようと思っても容易の事ではあるまい、可愛らしい顔をして居るくせにとても強情なんだから、もう少し何んとか工夫をおしよ」

英子嬢は、あられもない事を申します。

「アッ、あれは？」

誰やらが頓狂な声を出します。

振り仰ぐと、鉄格子で堅めた大窓の上の、空気抜の小窓が半分開いて、この硝子《ガラス》へチョークで、

判官三郎

と麗々しく四文字、ここから入りましたと言わぬばかりに認《したた》めてあります。

「アッ」

「判官三郎だ」

「これは容易じゃない」

驚きとも感歎とも付かぬ声が口々に爆発します。斯《こ》うなってはもう、判官三郎の讃美どころではありません。

五

「アレー、助けて！」

お鶴は必死と争いましたが、大の男二三人に担《かつ》ぎ上げられて、屋上庭園の砂利の上へ、ドタリと投《ほう》り出されてしまいました。

「サア、ブルをお出し、この娘《こ》はお猿を友達にして育った相で、不思議に犬を怖がるから」

英子の美しい顔には、残虐な微笑がスーッと走ります。

「よし来た」

二本の鎖で押えて居る、ハズミ切ったブルドック、白黒斑で小牛ほどある逸物です、それを面白半分で書生達が放すと、英子が自分で、屋上庭園に通ずる厳丈な扉を開けて、

「サアお鶴、暫らくブルと一緒にお出《いで》、その犬ははずみ切って居るから、どんな事をするかも知れないよ、それが嫌なら、誰れが金庫を開けたか、設計図をどうしたか、それを打ち明けてお言い、わかったかい。打ち明ける気になったら、この扉を三つ叩くんだよ、そうしたら明けてやろう、手引した相手の名を言わない内は、何日経ってもここは開けないよ」

ピシリ、重い鉄の扉《と》を閉じて、鍵は英子の身体《からだ》のどこかへ、スルリと滑りこませてしまいました。

「ワーッ、助けて、ヒー」

悲鳴に交って、猛犬の吠える声、屋上庭園の物凄い情景《シーン》を後に、書生一人を番人に残して、英子は元の客間へ静々と帰りました。

「どうした？」

「お鶴は屋上庭園で仲よくブルと遊んで居るワ」

父男爵に答えた英子の眼には、恋敵を鰐の口へ投げこませた、エジプトの女王のような誇りと美しさがありました。

「あの屋上庭園は下まで六十尺もある、こんな時は高い建築も悪くないな」

「それに、郊外の有難さで、お邸《やしき》の外の家へは五六丁もあるから、余程大きい声を出しても聞えませんね」

黒津は男爵に阿《おもね》るように、窓から夕暮の景色を眺め乍ら、こう言います。

話が途切れると、再び恐ろしい沈黙が一座を領して、頭の上から、かすかに悲鳴、猛犬の唸り、手に取るようにそれが聞えます。

抗すべからざる圧迫が、宮尾、黒津、男爵の額に冷汗を浮かせ、その眼をカッと空《うつろ》に見開かせますが、その中で二人だけは、何事も無かった以前のように、平然として事件の推移を待って居りました。

一人は英子嬢、その輝かしく、美しい顔には、微笑をさえ浮べて居ります。もう一人は深山茂、鉄の仮面のように冷たい顔で、例の外国語の髭文字の本に読み耽って居ります。

「英子さん」

暫らくして、静かに外国語の本を閉じた深山茂は、美しくも取すました英子の前へ歩み寄って呼びかけます。

「――――」

黙って男の顔を見上ぐる姫の眼には、媚《こび》とも怨とも付かぬ焔がメラメラと燃えます。

「屋上庭園へ通ずる鍵をお出しなさい」

「どうなさるのです」

「お鶴を救わなければなりません」

熱鉄を叩くような言葉、

「あの娘《こ》はあなたの何んです」

「愛人」

「エッ、それでは私は」

「路傍の人だ」

これは氷を割ったような言葉です。

「いけません、いけません」

サッと英子の顔は血色を失って、両手で胸を抱いて、身体《からだ》を揉みます。

「お出しなさい、あの娘《こ》はあなたより遥に神聖だ、あれは罪悪と塵埃《じんあい》の中で育った女ではありません、中央山脈の中の、人跡未踏の霊地で育った自然の傑作です」

「コレ、君は娘を侮辱するか、無礼だろう」

猛り立つ男爵を尻目に、

「男爵、怒ってはいけません、猛獣と一緒に一人の娘を屋上庭園へ追い上げる婦人は尊敬に価するでしょうか」

「何をいうのじゃ、あれは泥棒の手先を働いた女ではないか、それ位の事は何んでもない」

「泥棒泥棒と仰《おっ》しゃるが、男爵は一体何を盗まれたのです」

「――――」

「設計図は私のものですから、設計図の被害者なら、私でなければなりません。失礼ですが、男爵にはあの娘を窮命《きゅうめい》する何んの権利も持っては居られない筈です」

「深山君、言葉が過ぎようぜ、泥棒を引入れて、金庫を開けさしただけでも重大な罪ではないか」

忠義立てする黒津武を見も返らず、

「君の知った事ではない……サア鍵を下さい」

「そんな物はありません。何処《どこ》かへ無くしてしまいました」

英子嬢の美しい顔は引吊《ひきつ》って、今にも泣き出しそうです。

「仕方が無い、争って居る時間が無い。それでは、あの娘《こ》を救うために、私が外の手段を採っても、不服を仰《おっ》しゃってはいけませんよ」

一本止めの釘を刺して、クルクルと上着を脱ぐと、ワイシャツの袖を捲くって、見かけによらぬ見事な腕を、窓ワクへかけ乍ら、

「スポーツマン達、見て置くがいい。僕のは山男流の体術だ、諸君のとは、少しばかり訳が違う」

と言い終らない内に、身体《からだ》はスーッと伸びて窓の外へ、一つあおりをくれると、クルリと廻って、もう窓ワクの上へ立った気合、

「アッ」

という間もありません。

この客間は、武蔵野と富士山の眺望《ちょうぼう》を取り入れて、特別に四階に作った第二の小サロンで、その上が屋根下の物置、その上がもう屋上庭園の、古城型になった胸壁に続いて居るのです。

窓から出て居る四つの顔を嘲けるように、若い教授《プロフェッサー》の身体《からだ》は目にも止まらぬ早業《はやわざ》、両樋を攀《よ》じ、出張りを伝わり、六十尺の上を平地の如く歩んで、二つ三つ勇躍すると、その姿はもう屋上庭園の胸壁の中へ隠れてしまいました。

六

「オ茂さん」

「お鶴、無事だったかい」

ブルに追いすくめられて、生きた心地もなく胸壁の隅に踞《うずく》まって居た娘は、思わず若い教授に飛び付いて、その首っ玉に噛《かじ》り付きました。

「私ゃア、おっかない」

脅えた小鳩のように、ワイシャツの胸に犇々《ひしひし》と丸い頬をもみこみます。つぶらな黒い眼、物に脅えてこそ居りますが、それは、この世の女人のものにしては、あまりに純潔です。

「もうエエぞ、心配するな。設計図を取り返す用事さえ無けりゃ、こんな邸《やしき》へ寄り付くこっちゃ無い。お前を送って、私も山の中へ帰ろう、もう二度と東京へなんか出る気になってはいけないぞ」

「お前さん本当に山の中サ帰る気かエ」

「そうともそうとも」

「ここの男爵様の婿サアになる約束はどうするだエ」

「嫌な事だ、真平御免だよ」

「私は、茂さんの出世をさまたげてはすむまい……私は死んでもいい、お前さんお嬢様の婿サアになって上げよ」

「何を馬鹿な」

「あの山の中からも、一人位は男爵が出たら、皆んなの衆はどんなに肩身が広かろう。私が東京サア出る時も、決して茂さんの後を追うじゃ無エ、お前はお前で身を立てろ、茂さアは男爵様のお婿様になるちゅうだ。未練がましい事をして、茂さアの出世を妨げると承知をしねエぞと、くれぐれもお父さアに言《いわ》れただよ」

「田舎《いなか》の人は正直だ、おれの気も知らないで、そんな馬鹿な事を言ってるのかい」

「だから、私は死んでもエエ、お前を男爵様やお嬢様と仲違《なかたが》いさして、山の中へ埋れさしては、お父さアにも合せる顔は無エ、茂さア、さらばだよ」

娘の熱い唇がそっと、深山の頬に触れたと思うと、脱兎の如く腕の下をすり抜けて、三尺ばかりの胸壁へ攀じ上りました。

「アッ」

と思ったがもう遅い、あまりの不意で、気が付いた時は、もう娘の身体《からだ》は半分胸壁の外へ、六十尺の下は磨き抜いた御影の石畳、飛降りたら最後、千に一つも命はありません。思わず眼をつぶって、

「お鶴、待った」

転げるように駆けて行くと、

「アレー」

飛降りて死んだ筈の娘は、必死《ひっし》と深山へすがり付きます、見ると、例の小牛ほどあるブル、お鶴

の裾を食えて胸壁から引戻したのでしょう、お鶴の裾にジャレ付いて、脛《はぎ》もあらわに逃げ惑わせて居ります、

「オオ危ない、今度はブルに助けられたか、よしよし……そんな馬鹿な考えを起してはいけない、いいか、お前は石畳より犬の方が怖いから助かったんだ、おれ達の生れた村には、犬というものも、猫というものも居ない」

深山は娘の背をさすり乍ら、ホッと太息《といき》をもらしました。

「いいか、よく聞くんだよ、あの山の中の村から出て来なければ、おれもお前もこんな苦労はしない、おれ達は、あの山の中の三軒家に閉じ籠って、何十年も、何百年も、食って寝て、静かに世を終ればよかったんだ。お前と生れぬ先からの許嫁《いいなずけ》だというのを満更《まんざら》知らないではなかったが、つい自分の少しばかりの智恵に引かされて、東京でどうかして見ようと思ったり、先方の食えない腹の中がよく判って居るくせに、男爵の婿になっても悪くない、と一度でも思ったのがオレの迷いだったよ、勘弁してくれよ、なアお鶴」

男の声には、不思議な真情がこもりました、娘は、その胸に顔を埋めて、涙繁く聞き入って居ります。

「お前も聞いて知ってるだろうが、今から十何年前、たまたま村へ入って来た山林区署の役人に伴《つ》れられて、おれは、この恐ろしい世間というものを見せられ、頭がいいとか何んとか、ツイおだて

られて、大学までもやってもらったのだ。恩人が生きて居て下されば、おれも、この上博士にもなる気になったかも知れないが、先年フトした病気で恩人は亡くなる、今では元のおれ一人で、もうそんな野心もなんにも無くなってしまったよ。その上、此頃《このごろ》になって、おれの踏んで来た道が、つくづく間違って居るのでは無いかと思われて仕様が無い……おれの脈管には、猿や熊と一緒になって、山から山、谷から谷と飛び廻った、先祖の荒っぽい血が躍って居るのだ。生竹を切って、谷河の鱒《ます》や岩魚《いわな》を突いて、あれを生で食った生活、剣の峰、千願岩、猿の子知らず、あの剣の刃のような岩の上を飛廻って、獣や鳥を生捕《いけど》りにした、昔の生活が恋しくて、どうにもおれが我慢出来ない。お鶴、おれは思い切って山へ帰るよ、そして、お前と一緒に、呑気《のんき》な平和な世を送ろうじゃないか、おれはもう都会人の虚飾だらけな、ウソで固めた生活にはつくづく飽々《あきあき》した。ここの邸のハイカラな娘なんか、おれの目から見れば化物だ、心配するな、お前の方がどんなに美しいか知れはしない。——設計図を巻き上げられて居るので、仕方なしに婚約はしたが、おれはあんな化物と一緒になる気は毛頭ない。設計図だって、今になればどうでもいい。が、あの男爵の会社の手へはやり度くない、幸いおれの手に返ったから、あれを政府に献上して、お前と一緒に、元の茂さアになって山の中へ帰ろう。鱒を突いたり、猪《しし》を捕ったり、秋になればあんなに山が栗だらけになるし、山の芋も、トロロも、百合も、食い切れない程沢山《たくさん》ある、何が面白くて、こんな薄汚い町に居ることがあるものか……」

「本当かい、それは」

「ああ、本当とも」

「茂さア」

娘はもう「うれしい」とも言えませんでした、男の胸はグッショリ涙に濡れて、春の夕陽は、屋上庭園一パイに最後の光を投げて居ります。

七

ブルの首に付いた二本の鎖と、深山のしめたバンドと、お鶴の腰紐とを合せて、避雷針から五階の窓へ、丁度一本の命の縄が下りました。

それを伝わって、娘一人を運び下すことは、山男の深山茂に取っては、何んでもありません。

窓の中へ、お鶴の身体《からだ》を抱き下した深山は、長椅子の上へ脱いで置いた上着を取って羽織ると、もうすっかり若い教授《プロフェッサー》になり切ってしまいました。

そのまま、お鶴の手を取らぬばかり、固い表情をした一座へ振り向きもせず、スーッと出て行こうとすると、

「待て」

後から呼び止めたものがあります。

「…………」

黙って振り向く顔へ浴せるように、

「お前は判官三郎だろう」

かさにかかるのは黒津武です。

「何《ど》うして？」

「その身の軽さは容易じゃない」

「馬鹿な」

「こら、出てはいかん、今警官を呼んである」

「出るなと言ったところで、この上の逗留は御免蒙ろう、お互に愉快じゃあるまい。僕の身の軽いのは、山奥に育って、猿や猪《しし》と一緒に暮したからだ、君のスポーツとやらとは少しばかり仕込みが違うだけの事だよ。僕の郷里は、名題の猊鼻渓《げいびけい》から又二十里ほど山奥、中央山脈のお盆の中で、三年に一度も浮世の人の来るところじゃない、あんな所に育つと、大概身軽にもなるよ、嘘だと思うなら、僕と一緒に来て見るがいい」

「イヤ弁解は警官にしろ、逃げるな」

黒津は躍起となって、出口へ立ち塞がります。

「オイオイ邪魔をするなよ、僕は山の中へ帰るんだ。そんなに判官三郎の正体が知り度ければ教えてやろうか、それ、そこに居るその方が、君の尋ねて居る御仁だよ」

指さした方には、富豪の坊ちゃんで、役に立たない事なら何んでも知って居るが、その代り、御飯の足しになることは何んにも知らないという、代表的のモボ宮尾敬一郎。

「コラ馬鹿な事を言っちゃいかん、あれは宮尾君じゃないか」

「そうさ、宮尾敬一郎君、一名判官三郎だ、宮尾君の体術の鮮かさは、僕のような山男流とは又違うよ」

「出鱈目《でたらめ》を言うな」

「出鱈目か出鱈目でないか、宮尾君の顔を見るがいい、そら笑ってるだろう、判官三郎は、僕の為に、男爵の金庫から設計図を取り返してくれた恩人だから、どんな事があっても言わない積りだったが、宮尾君の顔をみると、云っても宜《よろ》しいと書いてあるから、君の迷いをはらすために教えてやるんだ。判官三郎は、僕の迷惑を黙って見て居るような人では無い」

一座の驚きは絶頂に達しました。八つの目が、思わず無能でお人好の坊ちゃんとばかり思った、宮尾敬一郎の顔に注ぐと、宮尾はニッコリ、笑みこぼれて、

「皆さん、私は新式内燃機関の設計図と、お鶴という娘の恋を深山教授に返してやりました。古代の宝玉を黒津君の伯父さんから、正当な所有者へ返してやるように、すべての物が、正当なる所有者に返るのは愉快なことです。それが私の仕事なのです。——ところが、まだ二つだけ返すものが

残って居ります。一つはチョークの片《かけ》ら、これは門番の小倅《こせがれ》へ返してやって下さい。もう一つは、手帳から引むしった、金庫の合言葉を書いた紙、これは家扶の本藤へ返してやって頂き度い。左様なら皆さん、特に美しき御令嬢、英子姫の健康を祝します。貴方《あなた》の恋のゲームでお鶴のような小敵に負けたのは、何んという素晴らしい教訓だったでしょう。恋のゲームの切り札は、教養や学問ではなくて、たった一つ真情です。判ったでしょうネ、左様なら」

先刻《さっき》深山茂がやったように、窓ワクに手がかかると、身体《からだ》を浮かしてスーッと下へ。

「ホウ、警官隊は今門を入るところか、少し遅かったな、ここまで登って来る内に、入れ代って私の方が門を出るという寸法だ」

サッと身を沈めると、狭い出張りを横這いに、もう一つ身を翻すと、三階の開いた窓へ、スーッと身を隠してしまいました。

老人と鳩

小山清

老人は六十二になった。右半身が不自由だった。右腕が痛かった。でも、だんだん少しはよくなった。歩きだしてしばらくすると右の肺が痛かった。熟《じ》っとしていると、痛みは消えていった。三十になる頃、心臓が肥大していた。息切れがひどかった。六十になった時には、杖を引いていた。野桜の杖である。ちょっと手頃である。いつか、愛していた。野原の野桜である。

……ある日突然に倒れた。口がきけず、ものが言えなくなった。それっきり、五十三か四か、五か分らなくなっていた。肩が凝るということが、全然なくなった。性慾がまた、全然なくなった。始めは、お茶、水、小便、うんこ、の言葉しか言えなかった。食うことは平気で食べた。女はあの日から、二年目に別れた。子供は持たなかった。

老人は家を引越した。そこは六畳と、四畳半の板の間と、小さい台所で、小さい庭があった。野原の外れである。誰も音沙汰がなかった。

小鳥、魚の言葉が言えた。すぐ近くに大きな池があって、

「小鳥と魚は取ってはいけません。」と建札が書かれていた。

馬鹿は言えた。けれども、白痴《はくち》、は言えなかった。また、自動車、は言えなかった。老人、これは言えた。正しく年老いた老人である。

春は三月の中旬に野桜が咲いた。野桜は見事であった。大きな池の傍に老人はベンチに腰を下した。ここは人々が来る場所ではなかった。池には葦が茂っていて、雀が鳴いていた。マガモが雌雄で游いでいた。鮒が游いでいた。ベンチに腰を下し、池を眺めてじっとしていたが、二時間から三時間はかかっていた。

夏は小さい庭の桃の実が生《な》った。桃の実は一昨年は五拾個で去年は四拾個で、今年は六拾個であった。甘《うま》かった。紫陽花《あじさい》は小さい茎を植えたのだが、四年に始めて花を開いた。大きな池では水すましが游いでいた。蜻蛉、蝶が飛んでいた。蝉が鳴いていた。夜、池では蛙が鳴いていた。

秋は枯野原に可憐なコスモスが咲いた。小さい川が流れていた。ボール、牛乳の空瓶、運動靴、棒切れ、下駄が流れていた。小さい橋の上で疲れてしゃがんでいることが多かった。よしきりばしと言っていた。なかなか名が分らなくて参った。そのうち、いつか、読めた。

冬は家の庭で日向ぼっこをしていた。窓硝子を開放《あけはな》していた。野原の一軒家で、誰も来なかった。空は青空であった。陽は照っていた。庭の寝椅子に腰を下していた。じっとしていた。垣根越しに土や石や木が、目を少し閉じると、不思議な光景がまざまざ見られた。橋の池、線路、土蔵、樹々の梢、賑な街……。目を開けるとどうもないのだ。夜、寝ると、床をのべて、頭を少し下げて目を閉じて、ほんの僅か、祈るのだ。基督教徒の信者に似ていた。

すこしまえに、黒猫が住みついた。牡であった。目は黄色であった。ばかに大きかった。もそもそしていた。朝に晩に魚を食べた。老人が日向ぼっこをしていると、黒猫は縁側で目を閉じていた。また、どこかへ行っていた。夜、床をのべると、黒猫は布団のはしで寝ている。

鳩がいた。野原の向うに小さい川が流れていて、そこに家があった。家の傍に小さい小屋があった。

鳩の部屋であった。老人は散歩に来ていたが、これまで、何も見えなかったから。たまたま、散歩に来て、鳩の部屋を見つけた。中学生と小学生の二人の兄弟であった。金網《かなあみ》で造った小さい小屋である。兄弟は釘で打ちつけていた。鳩は十羽であった。牡、牝、五羽ずついた。白の鳩は一羽であった。また、散歩に来て、鳩の部屋で、白の小旗が長い竿にかかっていた。小旗は風にハタハタ揺れていた。また、来た。屋根には四、五羽いたが、そこから空を翔《と》んでゆくのだ。流れてゆく川を渡って、また、屋根に舞戻った。

可愛い鳩。目を見ると、ほんとに可愛い。平和な鳩。ホオ、ホオと鳴く、低い鳴声。老人は鳩笛を思い出した。昔のような話だ。小学生の五、六年の頃、桜の枝を小刀で削って、鳩笛を作った。その頃のことを思い出した。図画の女教師のことを。老人はハト笛は言えた。けれどもハト笛はなかなか言えなかった。兄弟は二、三人の仲間が来ていて、鳩の部屋にトタンで屋根を葺《ふ》いた。老人は鳩笛を作ってみようと思った。野桜のことを思い出した。野原にも、池のほとりにも、野桜は見える。野原の外れで、鋸《のこぎり》で枝を切った。S町の金物屋で小刀を買った。始めはさいしょから出来損《できそこな》いであった。九日で小さい鳩笛を彫刻した。なんだか、へんてこりんであった。でも、ハトであった。黒猫がハトに爪で引掻いた。が、すぐ止めてしまった。池にあるマガモを作った。それから、犬、猫を作った。ハト、マガモ、犬、猫を机の上に並べた。老人はハトをあげようと思ったが、兄弟の顔を見ると、言葉が言えなかった。

ある日、突然、見知らぬ女が、家に来た。四十七、八位の女であった。「兄さん、わたしです。」と女は声をかけた。「ああ、お前は、」と老人は叫んだ。二人とも別々に、二十五年の歳月を送っていた。妹であった。老人は言葉が言えなかった。妹はそれを悟《さと》った。妹は少し近くのN町に住んでいた。毎月、一度であったが、老人の許に出掛けた。妹は子供が二人いた。女の子が四年生で、男の子が二年生であった。二人とも無邪気であった。老人の家で、子供たちはともに遊んでいた。「おじいちゃん。」と言った声が、老人にはとても無邪気であった。作った鳥、動物の彫刻を、二人はこもごも眺めた。老人はマガモを女の子に、犬を男の子に呉れてやった。帰るとき、バスの停留所で、二人の子供は「おじいちゃん、さよなら。」と言った。池のほとりで老人は妹と子供たちと、ベンチに腰かけて弁当を食べた。妹と子供たちは団栗《どんぐり》を拾った。老人はベンチに腰かけて三人の姿を眺めた。

S町の角に小さい映画館があった。老人は殆んど映画を見なかったが、いちど見た。西洋物であった。探偵映画であった。犯人に殺される老婆が可哀そうであった。老婆は唖で半身不随であって、手押車に乗っていた。その老婆がむごい仕打で殺されるのだ。老人は老婆が可哀そうであった。

「年老いた女が、古い家に住んでいた。

古い家の後ろに、コショウの木があった。

コショウの木は燃えてしまった。

なぜなら……」

映画ニュースの概説の中に、この文句が書いてあった。家に帰って、老人は鉛筆であの文句を書いた。……女の子が歌う童謡が懐しい。老人は小人の国が懐しかった。

老人の家はQ町であった。十分ほど行く通りに、貸家があったが、やがて、コーヒー「ハト」の店が開店した。瀟洒な店であった。老人は一寸驚いた。ハトのことを。老人は野桜の杖を引いて、いちど行ってみようと思った。でも、駄目だ、駄目だと思った。老人はついに決意した。朝の十時頃にこの店の扉をあけてみた。誰もいなかった。剥製のハトが二羽いた。おや、おやと思った。すると、奥から娘が入って来た。「お早《は》よう、ございます。」と言った。娘は十七、八の年頃であった。コーヒーはうまかった。パンもうまかった。テレビが始まった。スイスの村の景色が映った。老人も娘も共に見ていた。そのうち十日ほど、老人はまた来た。朝の十時頃、誰もいなかった。また、奥から娘が来た。「お早よう、ございます。」「コーヒーとバターパンを下さい。」「はい。」と娘は言った。テレビを見た。水郷の潮来《いたこ》が映った。帰るとき、「マッチをどうぞ。」と娘は言った。小さいマッチである。コーヒー、「ハト」。マッチの箱の表紙に、ハトが描いてあった。老人は咄嗟に口が言えなかった。黙ってマッチを貰った。外で、「有難う。」と声をかければよかったと老人は思った。七日に老人はまた来た。誰もいなかった。また、奥から娘が来た。「いらっしゃいませ。」と娘は言った。テレビが始まった。巴里のセエヌ河の岸が映った。老人と娘も共に見ていた。老人は「ちょっと。」と声をかけた。「はい。」と娘は老人の傍に行った。老人の服のポケットから、ハトが飛び出した。「ハト、あげます。」と老人は言った。「まあ、ハト。」と娘は彫刻のハトを両手で眺めた。「有難うございます。」と娘は言った。帰るとき、「お家は、近くですか。」と娘は言った。老人は頷いた。

八日ほどで、老人はハトを二羽、作った。机の上にまた畳の上に並べて、みんな眺めた。「御免下さい。」と誰か言った。「はい。」と老人は扉をあけた。娘であった。「あっ。」と老人は声を呑み込んだ。「分らなくて、困りましたわ。」と娘は言った。「おいで。」と老人は六畳の部屋に入った。「まあ、ハトが、……沢山いますこと。」と娘は言って、ハトやマガモや犬や猫を指さした。老人は黙って笑顔を浮べた。娘は「はい。」と言って、ポケットから包みをとりだして、粘土細工のハトを呉れた。絵具で描いたハトである。老人は胸がいっぱいで、「ありがと」と言った。

老人は机の引出をあけて一枚の半紙を取り出した。なにか書いてある。老人はそこを指さした。失語症。笑顔を浮べて。娘は、はっと顔色を変えた。老人は黙っていた。娘が言った、「あなたは、独りぼっちですか。」「独りぼっちだ。」と老人は微笑を浮べて言った。娘も微笑を浮べた。娘は小さい犬を手でおもちゃにしていた。「ここへ、ちょくちょく、伺《うかが》いますわ。……でも、駄目でしょう。」

と娘は言った。老人は言った、「ちょくちょく。」「有難う。」と娘は笑った。縁側へ黒猫が帰って来た。「あら猫がいるのですね。」と娘は黒猫の躯を抱いた。「長い尾《おっぽ》ですね。とても可愛い猫ね。黒猫ですね、名前は。」「名前はないんだ。」「そう。それじゃ、渾名はクロちゃんでもいいでしょう。クロちゃんという子供がいたことがあるんです。それでは、わたしはお暇《いとま》します。朝十時頃にまた来て下さいね。さよなら。」娘は帰って行った。

新聞、ラジオ、本を売払った。家には郵便もなかった。さばさばした。絵の本を見るのは、好きだった。壁には小さな複製を掛けた。「コタンの袋小路」ユトリロ、一九一〇年（明治四十三年）。幼い頃の思い出だった。……老人は野桜の杖を引いて歩いた。

娘は十日ほどたって、また来た。老人は一緒に池のほとりに行った。誰もいなかった。ベンチに腰を下した。娘は「あなたは発病後、幾年になりますか。」と言った。老人は「十年だか、十五年だか、わからない。」と言った。老人はさびしさが口許に込上げたのを我慢した。首くくりか自殺を図った後を思い出した。「ハト、ハトがいるよ。この向うだよ。」と老人は言った。老人は娘を案内した。「ここだよ。」と老人は言った。小さい川が流れている。ハトの部屋。小旗が揺れている。二時頃で、中学生も小学生も二人の兄弟はまだ帰って来てない。「可愛いわ。とても可愛いわ。」と娘は言った。「また、こんど、来て見よう。」と老人は言った。よしきり橋の上で、休んだ。

その後、老人は雀と豚を彫刻した。八日目で出来上ったが、風邪が拗《こじ》れた。それから、布団で寝込んでしまった。黒猫の御飯を食べているのが、精一杯であった。五日前に起き出した。老人はまた朝の十時頃、「ハト」へ来た。娘がいた。「こんにちは。」と二人は言った。老人の彫刻のハトがカウンターの上に置いてあった。娘はそこへ目で合図をした。老人のポケットから豚が騒ぎ出した。「まあ豚が、……とても面白いわ。」と娘は豚を掴み上げて、卓子の上に置いた。「鳥や動物の彫刻を、どんどんなさるといいわ。」と娘は言った。テレビが始まった。漢拏山の朝露に濡れて、朝鮮が映った。カウンターの後に母親らしい女が現われた。そのとき、店へ男が一人と女が二人、どかどかとやって来た。老人は「また、来るよ。」と言って、店を出た。

（「小説中央公論」昭和三七年八月号）

妙な話

芥川龍之介

ある冬の夜《よ》、私《わたし》は旧友の村上《むらかみ》と一しょに、銀座《ぎんざ》通りを歩いていた。

「この間千枝子《ちえこ》から手紙が来たっけ。君にもよろしくと云う事だった。」

村上はふと思い出したように、今は佐世保《させほ》に住んでいる妹の消息を話題にした。

「千枝子さんも健在《たっしゃ》だろうね。」

「ああ、この頃はずっと達者のようだ。あいつも東京にいる時分は、随分《ずいぶん》神経衰弱もひどかったのだが、――あの時分は君も知っているね。」

「知っている。が、神経衰弱だったかどうか、――」

「知らなかったかね。あの時分の千枝子と来た日には、まるで気違いも同様さ。泣くかと思うと笑っている。笑っているかと思うと、――妙な話をし出すのだ。」

「妙な話?」

村上は返事をする前に、ある珈琲《カッフェ》店の硝子扉《ガラスど》を押した。そうして往来の見える卓子《テーブル》に私と向い合って腰を下した。

「妙な話さ。君にはまだ話さなかったかしら。これはあいつが佐世保へ行く前に、僕に話して聞かせたのだが。――」

君も知っている通り、千枝子の夫は欧洲《おうしゅう》戦役中、地中海《ちちゅうかい》方面へ派遣された「A――」の乗組将校だった。あいつはその留守《るす》の間《あいだ》、僕の所へ来ていたのだが、いよいよ戦争も片がつくと云う頃から、急に神経衰弱がひどくなり出したのだ。その主な原因は、今まで一週間に一度ずつはきっと来ていた夫の手紙が、ぱったり来なくなったせいかも知れない。何しろ千枝子は結婚後まだ半年《はんとし》と経たない内に、夫と別れてしまったのだから、その手紙を楽しみにしていた事は、遠慮のない僕さえひやかすのは、残酷《ざんこく》な気がするくらいだった。

ちょうどその時分の事だった。ある日、——そうそう、あの日は紀元節《きげんせつ》だっけ。何でも朝から雨の降り出した、寒さの厳しい午後だったが、千枝子は久しぶりに鎌倉《かまくら》へ、遊びに行って来ると云い出した。鎌倉にはある実業家の細君になった、あいつの学校友だちが住んでいる。——そこへ遊びに行くと云うのだが、何もこの雨の降るのに、わざわざ鎌倉くんだりまで遊びに行く必要もないと思ったから、僕は勿論僕の妻《さい》も、再三明日《あした》にした方が好くはないかと云って見た。しかし千枝子は剛情に、どうしても今日行きたいと云う。そうしてしまいには腹を立てながら、さっさと支度して出て行ってしまった。

事によると今日は泊《とま》って来るから、帰りは明日《あす》の朝になるかも知れない。——そう云ってあいつは出て行ったのだが、しばらくすると、どうしたのだかぐっしょり雨に濡れたまま、まっ蒼な顔をして帰って来た。聞けば中央停車場から濠端《ほりばた》の電車の停留場まで、傘《かさ》もささずに歩いたのだそうだ。では何故《なぜ》またそんな事をしたのだと云うと、——それが妙な話なのだ。

千枝子が中央停車場へはいると、——いや、その前にまだこう云う事があった。あいつが電車へ乗った所が、生憎《あいにく》客席が皆塞《ふさ》がっている。そこで吊《つ》り革《かわ》にぶら下っていると、すぐ眼の前の硝子《ガラス》窓に、ぼんやり海の景色が映るのだそうだ。電車はその時神保町《じんぼうちょう》の通りを走っていたのだから、無論《むろん》海の景色なぞが映る道理はない。が、外の往来の透《す》いて見える上に、浪の動くのが浮き上っている。殊に窓へ雨がしぶくと、水平線さえかすかに煙って見える。——と云う所から察すると、千枝子はもうその時に、神経がどうかしていたのだろう。

それから、中央停車場へはいると、入口にいた赤帽《あかぼう》の一人が、突然千枝子に挨拶《あいさつ》をした。そうして「旦那《だんな》様はお変りもございませんか。」と云った。これも妙だったには違いない。が、さらに妙だった事は、千枝子がそう云う赤帽の問を、別に妙とも思わなかった事だ。「難有《ありがと》う。ただこの頃はどうなすったのだか、さっぱり御便りが来ないのでね。」——そう千枝子は赤帽に、返事さえもしたと云うのだ。すると赤帽はもう一度「では私《わたくし》が旦那様にお目にかかって参りましょう。」と云った。御目にかかって来ると云っても、夫は遠い地中海にいる。——と思った時、始めて千枝子は、この見慣れない赤帽の言葉が、気違いじみているのに気がついたのだそうだ。が、問い返そうと思う内に、赤帽はちょいと会釈《えしゃく》をすると、こそこそ人ごみの中に隠れてしまった。それきり千枝子はいくら探して見ても、二度とその赤帽の姿が見当らない。——いや、見当らないと云うよりも、今まで向い合っていた赤帽の顔が、不思議なほど思い出せないのだそうだ。だから、あの赤帽の姿が見当らないと同時に、どの赤帽も皆その男に見える。そうして千枝子にはわからなくても、あの怪しい赤帽が、絶えずこちらの身のまわりを監視《かんし》していそうな心もちがする。こうなるともう鎌倉どころか、そこにいるのさえ何だか気味が悪い。千枝子はとうとう傘もささずに、大降りの雨を浴びながら、夢のように停車場を逃げ出して来た。――勿論《もちろん》こう云う千枝子の話は、あいつの神経のせいに違いないが、その時風邪《かぜ》を引いたのだろう。翌日からかれこれ三日ばかりは、ずっと高い熱が続いて、「あなた、堪忍《かんにん》して下さい。」だの、「何故《なぜ》帰っていらっしゃらないんです。」だの、何か夫と話しているらしい譫言《うわごと》ばかり云っていた。が、鎌倉行きの祟《たた》りはそればかりではない。風邪《かぜ》がすっかり癒った後《あと》でも、赤帽と云う言葉を聞くと、千枝子はその日中《ひじゅう》ふさぎこんで、口さえ碌《ろく》に利《き》かなかったものだ。そう云えば一度なぞは、どこかの回漕店《かいそうてん》の看板に、赤帽の画《え》があるのを見たものだから、あいつはまた出先まで行かない内に、帰って来たと云う滑稽《こっけい》もあった。

しかしかれこれ一月《ひとつき》ばかりすると、あいつの赤帽を怖がるのも、大分下火《だいぶしたび》になって来た。「姉さん。何とか云う鏡花《きょうか》の小説に、猫のような顔をした赤帽が出るのがあったでしょう。私《わたし》が妙な目に遇《あ》ったのは、あれを読んでいたせいかも知れないわね。」――千枝子はその頃僕の妻《さい》に、そんな事も笑って云ったそうだ。ところが三月の幾日だかには、もう一度赤帽に脅《おびや》かされた。それ以来夫が帰って来るまで、千枝子はどんな用があっても、決して停車場へは行った事がない。君が朝鮮へ立つ時にも、あいつが見送りに来なかったのは、やはり赤帽が怖《こわ》かったのだそうだ。

その三月の幾日だかには、夫の同僚が亜米利加《アメリカ》から、二年ぶりに帰って来る。――千枝子はそれを出迎えるために、朝から家《うち》を出て行ったが、君も知っている通り、あの界隈《かいわい》は場所がらだけに、昼でも滅多《めった》に人通りがない。その淋しい路ばたに、風車売《かざぐるまう》りの荷が一台、忘れられたように置いてあった。ちょうど風の強い曇天だったから、荷に挿《さ》した色紙《いろがみ》の風車が、皆目まぐるしく廻っている。――千枝子はそう云う景色だけでも、何故《なぜ》か心細い気がしたそうだが、通りがかりにふと眼をやると、赤帽をかぶった男が一人、後向《うしろむ》きにそこへしゃがんでいた。勿論これは風車売が、煙草《たばこ》か何かのんでいたのだろう。しかしその帽子の赤い色を見たら、千枝子は何だか停車場へ行くと、また不思議でも起りそうな、予感めいた心もちがして、一度は引き返してしまおうかとも、考えたくらいだったそうだ。

　が、停車場へ行ってからも、出迎えをすませてしまうまでは、仕合せと何事も起らなかった。ただ、夫の同僚を先に、一同がぞろぞろ薄暗い改札口を出ようとすると、誰かあいつの後《うしろ》から、「旦那様は右の腕に、御怪我《おけが》をなすっていらっしゃるそうです。御手紙が来ないのはそのためですよ。」と、声をかけるものがあった。千枝子は咄嗟《とっさ》にふり返って見たが、後には赤帽も何もいない。いるのはこれも見知り越しの、海軍将校の夫妻だけだった。無論この夫妻が唐突《とうとつ》とそんな事をしゃべる道理もないから、声がした事は妙と云えば、確かに妙に違いなかった。が、ともかく、赤帽の見えないのが、千枝子には嬉しい気がしたのだろう。あいつはそのまま改札口を出ると、やはりほかの連中と一しょに、夫の同僚が車寄《くるまよ》せから、自動車に乗るのを送りに行った。するともう一度後から、

「奥様、旦那様は来月中に、御帰りになるそうですよ。」と、はっきり誰かが声をかけた。その時も千枝子はふり向いて見たが、後には出迎えの男女のほかに、一人も赤帽は見えなかった。しかし後にはいないにしても、前には赤帽が二人ばかり、自動車に荷物を移している。——その一人がどう思ったか、途端にこちらを見返りながら、にやりと妙に笑って見せた。千枝子はそれを見た時には、あたりの人目にも止まったほど、顔色《かおいろ》が変ってしまったそうだ。が、あいつが心を落ち着けて見ると、二人だと思った赤帽は、一人しか荷物を扱《あつか》っていない。しかもその一人は今笑ったのと、全然別人に違いないのだ。では今笑った赤帽の顔は、今度こそ見覚えが出来たかと云うと、不相変《あいかわらず》記憶がぼんやりしている。いくら一生懸命に思い出そうとしても、あいつの頭には赤帽をかぶった、眼鼻のない顔より浮んで来ない。——これが千枝子の口から聞いた、二度目の妙な話なのだ。

その後《ご》一月ばかりすると、——君が朝鮮へ行ったのと、確か前後していたと思うが、実際夫が帰って来た。右の腕を負傷していたために、しばらく手紙が書けなかったと云う事も、不思議にやはり事実だった。「千枝子さんは旦那様思いだから、自然とそんな事がわかったのでしょう。」——僕の妻《さい》なぞはその当座、こう云ってはあいつをひやかしたものだ。それからまた半月ばかりの後《のち》、千枝子夫婦は夫の任地の佐世保《させほ》へ行ってしまったが、向うへ着くか着かないのに、あいつのよこした手紙を見ると、驚いた事には三度目の妙な話が書いてある。と云うのは千枝子夫婦が、中央停車場を立った時に、夫婦の荷を運んだ赤帽が、もう動き出した汽車の窓へ、挨拶《あいさつ》のつもりか顔を出した。

その顔を一目見ると、夫は急に変な顔をしたが、やがて半ば恥かしそうに、こう云う話をし出したそうだ。――夫がマルセイユに上陸中、何人かの同僚と一しょに、あるカッフェへ行っていると、突然日本人の赤帽が一人、卓子《テーブル》の側へ歩み寄って、馴々《なれなれ》しく近状を尋ねかけた。勿論マルセイユの往来に、日本人の赤帽なぞが、徘徊《はいかい》しているべき理窟《りくつ》はない。が、夫はどう云う訳か格別不思議とも思わずに、右の腕を負傷した事や帰期《きき》の近い事なぞを話してやった。その内に酔《よ》っている同僚の一人が、コニャックの杯《さかずき》をひっくり返した。それに驚いてあたりを見ると、いつのまにか日本人の赤帽は、カッフェから姿を隠していた。一体あいつは何だったろう。――そう今になって考えると、眼は確かに明いていたにしても、夢だか実際だか差別がつかない。のみならずまた同僚たちも、全然赤帽の来た事なぞには、気がつかないような顔をしている。そこでとうとうその事については、誰にも打ち明けて話さずにしまった。所が日本へ帰って来ると、現に千枝子は、二度までも怪しい赤帽に遇《あ》ったと云う。ではマルセイユで見かけたのは、その赤帽かと思いもしたが、余り怪談じみているし、一つには名誉の遠征中も、細君の事ばかり思っているかと、嘲《あざけ》られそうな気がしたから、今日《きょう》まではやはり黙っていた。が、今顔を出した赤帽を見たら、マルセイユのカッフェにはいって来た男と、眉毛《まゆげ》一つ違っていない。――夫はそう話し終ってから、しばらくは口を噤《つぐ》んでいたが、やがて不安そうに声を低くすると、「しかし妙じゃないか？　眉毛一つ違わないと云うものの、おれはどうしてもその赤帽の顔が、はっきり思い出せないんだ。ただ、窓越しに顔を見た瞬間、あいつだなと……」

村上《むらかみ》がここまで話して来た時、新にカッフェへはいって来た、友人らしい三四人が、私《わたし》たちの卓子《テーブル》へ近づきながら、口々に彼へ挨拶《あいさつ》した。私は立ち上った。

「では僕は失敬しよう。いずれ朝鮮へ帰る前には、もう一度君を訪ねるから。」

私はカッフェの外へ出ると、思わず長い息を吐《つ》いた。それはちょうど三年以前、千枝子《ちえこ》が二度までも私と、中央停車場に落ち合うべき密会《みっかい》の約を破った上、永久に貞淑な妻でありたいと云う、簡単な手紙をよこした訳が、今夜始めてわかったからであった。…………

（大正九年十二月）

編者 Profile
なみ
朗読家
写真家
虹色社 近代文学叢書 編集長

本作のご感想や執筆関連のお仕事のご依頼等は、
メールアドレス info@nanairosha.jp まで、
お待ちしております。

近代文学叢書III　すぽっとらいと 珈琲
2021年11月22日　第1刷発行

編集者	なみ
発行者	山口和男
発行所 / 印刷所 / 製本所	虹色社

〒169-0071 東京都新宿区戸塚町1-102-5 江原ビル1階
電話　03（6302）1240

本文組版 / 編集 / 撮影	なみ
取材協力	梅の木十条店

ISBN 978-4-909045-40-9
定価はカバーに表記しています。
乱丁本、落丁本はお取り替えいたします。